與注目禮手藝

歐陽江河 著

歐陽江河詩選

《中國當代詩典》第一輯　總序

朝向漢語的邊陲

楊小濱

　　中國當代詩的發展可以看作是朝向漢語每一處邊界的勇猛推進，而它的起源也可以追溯出頗為複雜的線索。1960年代中後期張鶴慈（北京，1943-）和陳建華（上海，1948-）等人的詩作已經在相當程度上改變了主流詩歌的修辭樣式。如果說張鶴慈還帶有浪漫主義的餘韻，陳建華的詩受到波德萊爾的啟發，可以說是當代詩中最早出現的現代主義作品，但這些作品的閱讀範圍當時只在極小的朋友圈子內，直到1990年代才廣為流傳。1970年代初的北京，出現了更具衝擊力的當代詩寫作：根子（1951-）以極端的現代主義姿態面對一個幻滅而絕望的世界，而多多（1951-）詩中對時代的觀察和體驗也遠遠超越了同時代詩人的視野，成為中國當代詩史上的靈魂人物。

　　對我來說，當代詩的概念，大致可以理解為對朦朧詩的銜接。朦朧詩的出現，從某種意義上可以看作官方以招安的形式收編民間詩人的一次努力。根子、多多和芒克（1951-）的寫作從來就沒有被認可為朦朧詩的經典，既然連出現在《詩刊》的可能都沒有，也就甚至未曾享受遭到批判的待遇，直到1980年代中後期才漸漸浮出地表。我們完全可以說，多多等人的文化詩學意義，是屬於後朦朧時代的。才華出眾的朦朧詩人顧城在1989年六四事件後寫出了偏離朦朧詩美學的《鬼進城》等

傑作，卻不久以殺妻自盡的方式寫下了慘痛的人生詩篇。除了揮霍詩才的芒克之外，嚴力（1954- ）自始至終就顯示出與朦朧詩主潮相異的機智旨趣和宇宙視野；而同為朦朧詩人的楊煉（1955- ），在1980年代中期即創作了《諾日朗》這樣的經典作品，以各種組詩、長詩重新跨入傳統文化，由於從朦朧詩中率先奮勇突圍，日漸成為朦朧詩群體中成就最為卓著的詩人。同樣成功突圍的是遊移在朦朧詩邊緣的王小妮（1955- ），她從1980年代後期開始以尖銳直白的詩句來書寫個人對世界的奇妙感知，成為當代女性詩人中最突出的代表。如果說在1970年代末到1980年代初，朦朧詩仍然帶有強烈的烏托邦理念與相當程度的宏大抒情風格，從1980年代中後期開始，朦朧詩人們的寫作發生了巨大的轉化。

這個轉化當然也體現在後朦朧詩人身上。翟永明（1955- ）被公認為後朦朧時代湧現的最優秀的女詩人，早期作品受到自白派影響，挖掘女性意識中的黑暗真實，爾後也融入了古典傳統等多方面的因素，形成了開闊、成熟的寫作風格。在1980年代中，翟永明與鍾鳴（1953- ）、柏樺（1956- ）、歐陽江河（1956- ）、張棗（1962-2010）被稱為「四川五君」，個個都是後朦朧時代的寫作高手。柏樺早期的詩既帶有近乎神經質的青春敏感，又不乏古典的鮮明意象，極大地開闢了漢語詩的表現力。在拓展古典詩學趣味上，張棗最初是柏樺的同行者，爾後日漸走向更極端的探索，為漢語實踐了非凡的可能性。在「四川五君」中，鍾鳴深具哲人的氣度，用史詩和寓言有力地書寫了當代歷史與現實。歐陽江河的寫作從一開始就將感性與

理性出色地結合在一起，將現實歷史的關懷與悖論式的超驗視野結合在一起，抵達了恢宏與思辨的驚險高度。

後朦朧詩時代起源於1980年代中期，一群自我命名為「第三代」的詩人在四川崛起，標誌著中國當代詩進入了一個新階段。1980年代最有影響的詩歌流派，產自四川的佔了絕大多數。除了「四川五君」以外，四川還為1980年代中國詩壇貢獻了「非非」、「莽漢」、「整體主義」等詩歌群體（流派和詩刊）。如周倫佑（1952-）、楊黎（1962-）、何小竹（1963-）、吉木狼格（1963-）等在非非主義的「反文化」旗幟下各自發展了極具個性的詩風，將詩歌寫作推向更為廣闊的文化批判領域。其中楊黎日後又倡導觀念大於文字的「廢話詩」，成為當代中國先鋒詩壇的異數。而周倫佑從1980年代的解構式寫作到1990年代後的批判性紅色寫作，始終是先鋒詩歌的領頭羊，也幾乎是中國詩壇裡後現代主義的唯一倡導者。莽漢的萬夏（1962-）、胡冬（1962-）、李亞偉（1963-）、馬松（1963-）等無一不是天賦卓絕的詩歌天才，從寫作語言的意義上給當代中國詩壇提供了至為燦爛的景觀。其中萬夏與馬松醉心於詩意的生活，作品惜墨如金但以一當百；李亞偉則曾被譽為當代李白，文字瀟灑如行雲流水，在古往今來的遐想中妙筆生花，充滿了後現代的喜劇精神；胡冬1980年代末旅居國外後詩風更為逼仄險峻，為漢語詩的表達開拓出難以企及的遙遠疆域。以石光華（1958-）為首的整體主義還貢獻了才華橫溢的宋煒（1964-）及其胞兄宋渠（1963-），將古風與現代主義風尚奇妙地糅合在一起。

　　毫不誇張地說，川籍（包括重慶）詩人在1980年代以來的中國詩壇佔據了半壁江山。在流派之外，優秀而獨立的詩人也從來沒有停止過開拓性的寫作。1980年代中後期，廖亦武（1958-）那些囈語加咆哮的長詩是美國垮掉派在中國的政治化變種，意在書寫國族歷史的寓言。蕭開愚（1960-）從1980年代中期起就開始創立自己沉鬱而又突兀的特異風格，以罕見的奇詭與艱澀來切入社會現實，始終走在中國當代詩的最前列。顯然，蕭開愚入選為2007年《南都週刊》評選的「新詩90年十大詩人」中唯一健在的後朦朧詩人，並不是偶然的。孫文波（1956-）則是1980年代開始寫作而在1990年代成果斐然的詩人，也是1990年代中期開始普遍的敘事化潮流中最為突出的詩人之一，將社會關懷融入到一種高度個人化的觀察與書寫中。還有1990年代的唐丹鴻，代表了女性詩人內心奇異的機器、武器及疼痛的肉體；而啞石（1966-）是1990年代末以來崛起的四川詩人，以重新組合的傳統修辭給當代漢語詩帶來了跌宕起伏的特有聲音。

　　1980年代的上海，出現了集結在詩刊《海上》、《大陸》下發表作品的「海上詩群」，包括以孟浪（1961-）、默默（1964-）、劉漫流（1962-）、郁郁（1961-）、京不特（1965-）等為主要骨幹的較具反叛色彩的群體，和以陳東東（1961-）、王寅（1962-）、陸憶敏（1962-）等為代表的較具純詩風格的群體，從不同的方向為當代漢語詩提供了精萃的文本。幾乎同時創立的「撒嬌派」，主要成員有京不特、默默（撒嬌筆名為銹容）、孟浪（撒嬌筆名為軟髮）等，致力於透

過反諷和遊戲來消解主流話語的語言實驗。無論從政治還是美學的意義上來看，孟浪的詩始終衝鋒在詩歌先鋒的最前沿，他發明了一種荒誕主義的戰鬥語調，有力地揭示了歷史喜劇的激情與狂想，在政治美學的方向上具有典範性意義。而陳東東的詩在1980年代深受超現實主義影響，到了1990年代之後則更開闊地納入了對歷史與社會的寓言式觀察，將耽美的幻想與險峻的現實嵌合在一起，鋪陳出一種新的夢境詩學。1980年代的上海還貢獻了以宋琳（1959-）等人為代表的城市詩，而宋琳在1990年代出國後更深入了內心的奇妙圖景，也始終保持著超拔的精神向度。1990年代後上海崛起的詩人中最引人注目的是復旦大學畢業後定居上海的韓博（1971-，原籍黑龍江），他近年來的詩歌寫作奇妙地嫁接了古漢語的突兀與（後）現代漢語的自由，對漢語的表現力作了令人震驚的開拓。還有行事低調但詩藝精到的女詩人丁麗英（1966-），在枯澀與奇崛之間書寫了幻覺般的日常生活。

　　與上海鄰近的江南（特別是蘇杭）地區也出產了諸多才子型的詩人，如1980年代就開始活躍的蘇州詩人車前子（1963-）和1990年代之後形成獨特聲音的杭州詩人潘維（1964-）。車前子從早期的清麗風格轉化為最無畏和超前的語言實驗，而潘維則以現代主義的語言方式奇妙地改換了江南式婉約，其獨特的風格在以豪放為主要特質的中國當代詩壇幾乎是獨放異彩。而以明朗清新見長的蔡天新（1963-）雖身居杭州但足跡遍布五洲四海，詩意也帶有明顯的地中海風格。影響甚廣的于堅（1954-）、韓東（1961-）和呂德安（1960-）曾都屬於1980年

代以南京為中心的他們文學社，以各自的方式有力地推動了口語化與（反）抒情性的發展。

朦朧詩的最初源頭，中國最早的文學民刊《今天》雜誌，1970年代末在北京創刊，1980年代初被禁。「今天派」的主將們，幾乎都是土生土長的北京詩人。而1980年代中期以降，出自北京大學的詩人佔據了北京詩壇的主要地位。其中，1989年臥軌自盡的海子（1964-1989）可能是最為人所知的，海子的短詩尖銳、過敏，與其宏大抒情的長詩形成了鮮明對比。海子的北大同學和密友西川（1963-）則在1990年後日漸擺脫了早期的優美歌唱，躍入一種大規模反抒情的演說風格，帶來了某種大氣象。臧棣（1964-）從1990年代開始一直到新世紀不僅是北大詩歌的靈魂人物，也是中國當代詩極具創造力的頂尖詩人，推動了中國當代詩在第三代詩之後產生質的飛躍。臧棣的詩為漢語貢獻了至為精妙的陳述語式，以貌似知性的聲音扎進了感性的肺腑。出自北大的重要詩人還包括清平（1964-）、周瓚（1968-）、姜濤（1970-）、席亞兵（1971-）、胡續冬（1974-）、陳均（1974-）、王敖（1976-）等。其中姜濤的詩示範了表面的「學院派」風格能夠抵達的反諷的精微，而胡續冬的詩則富於更顯見的誇張、調笑或情色意味，二人都將1990年代以來的敘事因素推向了另一個高度。胡續冬來自重慶（自然染上了川籍的特色），時有將喜劇化的方言土語（以及時興的網路語言或亞文化語言）混入詩歌語彙。也是來自重慶的詩人蔣浩（1971-）在詩中召喚出語言的化境，將現實經驗與超現實圖景溶於一爐，標誌著當代詩所攀援的新的巔峰。同樣

現居北京，來自內蒙古的秦曉宇（1974-），也是本世紀以來湧現的優秀詩人，詩作具有一種鑽石般精妙與凝練的罕見品質。原籍天津的馬驊（1972-2004）和原籍四川的馬雁（1979-2010），兩位幾乎在同齡時英年早逝的天才，恰好曾是北大在線新青年論壇的同事和好友。馬驊的晚期詩作抵達了世俗生活的純淨悠遠，在可知與不可知之間獲得了逍遙；而馬雁始終捕捉著個體對於世界的敏銳感知，並把這種感知轉化為表面上疏淡的述說。

當今活躍的「60後」和「70後」詩人還包括現居北京的藍藍（1967-）、殷龍龍（1962-）、王艾（1971-）、樹才（1965-）、成嬰（1971-）、侯馬（1967-）、周瑟瑟（1968-）、安琪（1969-）、呂約（1972-）、朵漁（1973-）、尹麗川（1973-），河南的森子（1962-）、魔頭貝貝（1973-），黑龍江的桑克（1967-），山東的孫磊（1971-）宇向（1970-）夫婦和軒轅軾軻（1971-），安徽的余怒（1966-）和陳先發（1967-），江蘇的黃梵（1963-），海南的李少君（1967-），現居美國的明迪（1963-）等。森子的詩以極為寬闊的想像跨度來觀察和創造與眾不同的現實圖景，而桑克則將世界的每一個瞬間化為自我的冷峻冥想。同為抒情詩人，女詩人藍藍通過愛與疼痛之間的撕扯來體驗精神超越，王艾則一次又一次排練了戲劇的幻景，並奔波於表演與旁觀之間，而樹才的詩從法國詩歌傳統中找到一種抒情化的抽象意味。較為獨特的是軒轅軾軻，常常通過排比的氣勢與錯位的慣性展開一種喜劇化、狂歡化的解構式語言。而這個名單似乎還可以無限延長下去。

　　1989年的歷史事件曾給中國詩壇帶來相當程度的衝擊。在此後的一段時期內，一大批詩人（主要是四川詩人，也有上海等地的詩人）由於政治原因而入獄或遭到各種方式的囚禁，還有一大批詩人流亡或旅居國外。1990年代的詩歌不再以青春的反叛激情為表徵，抒情性中大量融入了敘述感，邁入了更加成熟的「中年寫作」。從1980年代湧現的蕭開愚、歐陽江河、陳東東、孫文波、西川等到1990年代崛起的臧棣、森子、桑克等可以視為這一時期的代表。1990年代以來，儘管也有某些「流派」問世，但「第三代詩」時期熱衷於拉幫結夥的激情已經消退。更多的詩人致力於個體的獨立寫作，儘管無法命名或標籤，卻成就斐然。1990年代末的「知識分子寫作」與「民間寫作」的論戰雖然聲勢浩大，卻因為糾纏於眾多虛假命題而未能激發出應有的文化衝擊力。2000年以來，儘管詩人們有不同的寫作趨向，但森嚴的陣營壁壘漸漸消失。即使是「知識分子寫作」的代表詩人，其實也在很大程度上以「民間寫作」所崇尚的日常口語作為詩意言說的起點。從今天來看，1960年代出生的「60後」詩人人數最為眾多，儼然佔據了當今中國詩壇的中堅地位，而1970年代出生的「70後」詩人，如上文提到的韓博、蔣浩等，在對於漢語可能性的拓展上，也為當代詩做出了不凡的探索和貢獻。近年來，越來越多的「80後詩人」在前人開闢的道路盡頭或途徑之外另闢蹊徑，也日漸成長為當代詩壇的重要力量。

　　中國當代詩人的寫作將漢語不斷推向極端和極致，以各異的嗓音發出了有關現實世界與經驗主體的精彩言說，讓我們

聽到了千姿萬態、錯落有致的精神獨唱。作為叢書，《中國當代詩典》力圖呈現最精萃的中國當代詩人及其作品。第一輯收入了15位最具代表性的中國當代詩人的作品，其中1950年代、1960年代和1970年代出生的詩人各佔五位。在選擇標準上，有各種具體的考慮：首先是盡量收入尚未在台灣出過詩集的詩人。當然，在這15位詩人中，也有極少數雖然出過詩集，但仍有一大批未出版的代表作可以期待產生相當影響的。在第一輯中忍痛割捨的一流詩人中，有些是因為在台灣出過詩集，已經在台灣有了一定影響力的詩人；也有些是因為寫作風格距離台灣的主流詩潮較遠，希望能在第一輯被普遍接受的基礎上日後再推出，將更加彰顯其力量。願《中國當代詩典》中傳來的特異聲音為台灣當代詩壇帶來新的快感或痛感。

目次

天鵝之死

天鵝之死是一段水的渴意

嗜血的姿勢流出海倫

天鵝之死是不見舞者的舞蹈

於不變的萬變中天意自成

或僅是一種自忘在眾物之外

一個影子搖晃一座空城

使六面來風受困於幽谷

使開過兩次的情竇披露隔夜之冷

誰升起，誰就是暴君

戰爭的形象在肉體中逃遁

撫摸呈現別的裸體

——麗達去向不明

1983.9.6.於成都

陽光中的蘋果樹

我不想窺視這穿越幻覺的血肉，
讓變黑的水果燒焦牛奶，
切開之前，十分鐘的落葉。
牛羊墜地，但好像還待在天空中吃草。

寂靜，一棵遠樹，更遠的陽光。
僅有影子的少年潛到深水裡去了，
手臂的波浪擺動著夏天。
日子猛烈而傾斜。

成熟從話語的結束開始，
直到乾涸的嘴唇進入果實，
一夜之間，全部掉下。
活著，醒著，黯然神往。

遍地無風的白夜的溫柔。
皮膚行走於七月流火，
但靈魂並不熱烈。
在骨子裡世界什麼也不是。

從中切開，記憶的陰暗面。
童年就是距離和空想。
幾個男孩跳起，或爬上眾樹，
那時所有的水果都高不可及。

二十年的懸掛，我仰起了頭。
沒有什麼比看到水的火焰，
並將切割黃金的刀鋒置於其內，
更精確，更寒冷。

1985.6成都

手槍

手槍可以拆開
拆作兩件不相關的東西
一件是手，一件是槍
槍變長可以成為一個黨
手塗黑可以成為另一個黨

而東西本身可以再拆
直到成為相反的向度
世界在無窮的拆字法中分離

人用一隻眼睛尋求愛情
另一隻眼睛壓進槍膛
子彈眉來眼去
鼻子對準敵人的客廳
政治向左傾斜
一個人朝東方開槍
另一個人在西方倒下

黑手黨戴上白手套
長槍黨改用短槍
永遠的維納斯站在石頭裡

她的手拒絕了人類
從她的胸脯拉出兩隻抽屜
裡面有兩粒子彈，一枝槍
要扣響時成為玩具
謀殺，一次啞火

1985.11於成都

蕭斯塔柯維奇：等待槍殺

他整整一生都在等待槍殺
他看見自己的名字與無數死者列在一起
歲月有多長，死亡的名單就有多長

他的全部音樂都是自悼
數十萬亡魂的悲泣響徹其間
一些人頭落下來，像無望的果實
裡面滾動著半個世紀的空虛和血
因此這些音樂聽起來才那樣遙遠
那樣低沉，像頭上沒有天空
那樣緊張不安，像骨頭在身體裡跳舞

因此生者的沈默比死者更深
因此槍殺從一開始就不發出聲音

無聲無形的槍殺是一件收藏品
它那看不見的身子詭秘如莫斯科
一副叵測的臉時而是領袖，時而是人民
人民和領袖不過是些字眼
走出書本就橫行無忌
看見誰眼睛都變成彈洞

所有的俄羅斯人都被集體槍殺過

等待槍殺：一種生活方式

真正恐怖的槍殺不射出子彈

它只是瞄準

像一個預謀經久不散

一些時候它走出死者，在他們

高築如舞臺的軀體上表演死亡的即興

四周落滿生還者的目光

像亂雪落地擾亂著哀思

另一些時候它進入靈魂去窺望

進入心去掏空或破碎

進入空氣和食物去清洗肺葉

進入光，剿滅那些通體燃亮的逃亡的影子

槍殺者以永生的名義在槍殺

被槍殺的時間因此不死

一次槍殺永遠等待他

他在我們之外無止境的死去

成為我們的替身

1986.4於成都

我
們

他揮動屠刀，我們人頭落地。

沒有他的刀，我們不會長出頭顱。

人頭中一些嘴唇掛在樹上，

被風吹著長大，長到第七天，

奇怪的葉子變成肺，

水在中央感到肉體的圍攏，

月亮從裡面流了出來。

古代的夜晚微微捲起。

我們活著，如一群幽靈手舞足蹈，

表現他天才的空想。

　　　他渴了，樹上的果子紛紛墜落，

　　　他餓了，地裡的小麥立即成熟。

我們丟了頭，枯麥秸的腰捆在一起，

他的血制止了傷痛。

我們穿越鏡子回家，鏡中有女人，

她們舉一反三，身體搓為繩索。

頭髮的黑色從梳子流走，

物質回頭一片白，

酒回到糧食，秋天，空的杯盞。

一個秋天之後有許多個秋天，

我們肩上，頭在離去。

他的頭經過眾多人體到達獅子，

他的預言穿行其間不置一詞。

眾詞向心，心向無起源的歧義。

他對此塗一片鴉，寫一樹枯枝，

寥寥數筆天氣便冷了下來。

他囂張的器官卻把我們引向春天，

引向抒情，生殖，現代圖騰，

使我們的性別濃蔭蔽日。

最初不見光，他說有光就有了光。

然後有了馬，他又說白馬不是馬。

他說過一遍的話我們一再重複，

他公開的器官被我們集體借用。

我們在他臉上安排眉眼的位置，

用他的手撫摸，挑起，伸向別的。

他不來，女子三千終生不孕。

幽會營養不足，空出子宮

像隔壁房間無人居住，

門敲開一次就變成裝飾，

年齡在一幅肖像中被忘掉。

他病了，世界白得像一座醫院，

他睡了，到處的夜晚不敢開燈。

整個白晝我們足不出戶，

閉門無事，遁形蓮花自開自落。

而他睜大的眼睛鑲滿四壁，

讓玻璃進入空氣

比光更神秘地向影子出發。

大地沒他的影子，天上不會有太陽。

他唯一的影子面對唯一的太陽，

一時弓箭齊發，射落多神的九個。

　　　他攤開地圖，方圓千里空無人煙，

　　　他頒佈戰爭，一個國家草木皆兵。

我們當行未行，姿勢靜如植物，

根部以下埋進土地。

千里之外，他一走動就踩著我們，

我們躺下如紀律或臺階，

一級級升向他歷代的王位。

他度過百年使之短暫如一瞬，

他生生滅滅在每日每時。

　　　他年輕時，我們的祖先不敢老去

　　　當他老了，我們的兒子不敢降生。

1986.5.於成都

公開的獨白

——悼念埃茲拉·龐德

我死了，你們還活著。

你們不認識我就像從不認識世界。

我的遺容變作不朽的面具

迫使你們彼此相似

沒有自己，也沒有他人。

我祝福過的每一顆蘋果

都長成秋天，結出更多的蘋果

和飢餓。你們看見的每一隻飛鳥都是我的靈魂。

我布下的陰影比一切光明更肯定。

我最終的葬身之地是書卷。

那兒，你們的生命

就像多餘的詞被輕輕刪去。

上帝如此簡單，只須簡單地說出，

然後忘掉。

所有的眼睛只為一瞥睜開。

沒有我的歌，你們不會有嘴唇。

但你們唱過並將繼續傳唱的

只是無邊的寂靜，不是歌。

1986.10.3於重慶

紙上的秋天

秋天和月亮來到紙上。
分手的人們相見如初，
重新迷戀日出時的理想，
日落時散步，歎息天空的深邃。

這是一個正在結束的秋天，
但在開始之前，有更遠的開始
通向一個尚未開始的紀念。
那兒，墨水被秋風寫遍。

而我微笑著，吹去眼中之灰燼，
以一本書的速度閱讀暗物質，
快到天明時，停住，回眸
白夜和瀝青奪眶而下。

未來因古代而燦爛，
城市從肉體流向筆端。
但在鄉村，在今天的去年
嬰孩和果實不停地掉落。

種子無聲，隨意揮灑，

星空像曠野一樣有人走動。

儘管秋色吹起了千里外的笛子，

我還是能聽到光，寂靜，或逝者。

1986.10.16於成都

漢英之間

我居住在漢字的塊壘裡，

在這些和那些形象的顧盼之間。

它們孤立而貫穿，肢體搖晃不定，

節奏單一如連續的槍。

一片響聲之後，漢字變得簡單。

掉下了一些胳膊，腿，眼睛。

但語言依然在行走，伸出，以及看見。

那樣一種神秘養育了飢餓。

並且，省下很多好吃的日子，

讓我和同一種族的人分食，挑剔。

在本地口音中，在團結如一個晶體的方言

在古代和現代漢語的混為一談中，

我的嘴唇像是圓形廢墟，

牙齒陷入空曠

沒碰到一根骨頭。

如此風景，如此肉，漢語盛宴天下。

我吃完我那份日子，又吃古人的，直到

一天傍晚，我去英語角散步，看見

一群中國人圍住一個美國佬，我猜他們

想遷居到英語裡面。但英語在中國沒有領地。

它只是一門課，一種會話方式，電視節目，

大學的一個系，考試和紙。

在紙上我感到中國人和鉛筆的酷似。

輕描淡寫，磨損橡皮的一生。

經歷了太多的墨水，眼鏡，打字機

以及鉛的沉重之後，

英語已經輕鬆自如，蜷起在中國的一角。

它使我們習慣了縮寫和外交辭令，

還有西餐，刀叉，阿司匹林。

這樣的變化不涉及鼻子

和皮膚，像每天早晨的牙刷

英語在牙齒上走著，使漢語變白。

從前吃書吃死人，因此

我天天刷牙，這關係到水，衛生和比較。

由此產生了口感，滋味說

以及日常用語的種種差異。

還關係到一隻手，它伸進英語

中指和食指分開，模擬

一個字母，一次勝利，一種

對自我的納粹式體驗。

一支煙落地，只燃到一半就熄滅了
像一段歷史。歷史就是苦於口吃的
戰爭，再往前是第三帝國，是希特勒。
我不知道這個狂人是否槍殺過英語，槍殺過
莎士比亞和濟慈。
但我知道，有牛津辭典裡的、貴族的英語，
也有武裝到牙齒的、邱吉爾或羅斯福的英語。
它的隱喻，它的物質，它的破壞的美學
在廣島和長崎爆炸。
我看見一堆堆漢字在日語中變成屍首——
但在語言之外，中國和英美結盟。
我讀過這段歷史，感到極為可疑。
我不知道歷史和我誰更荒謬。

一百多年了，漢英之間，究竟發生了什麼？
為什麼如此多的中國人移居英語，
努力成為黃種白人，而把漢語
看作離婚的前妻，看作破鏡裡的家園？究竟
發生了什麼？我獨自一人在漢語中幽居
與眾多紙人對話，空想著英語。

並看著更多的中國人躋身其間

從一個象形的人變為一個拼音的人。

1987.7.於成都

玻璃工廠

1

從看見到看見，中間只有玻璃。

從臉到臉

隔開是看不見的。

在玻璃中，物質並不透明。

整個玻璃工廠是一隻巨大的眼珠，

勞動是其中最黑的部分，

它的白天在事物的核心閃耀。

事物堅持了最初的淚水，

就像鳥在一片純光中堅持了陰影。

以黑暗方式收回光芒，然後奉獻。

在到處都是玻璃的地方，

玻璃已經不是它自己，而是

一種精神。

就像到處都是空氣，空氣近乎不存在。

2

工廠附近是大海。

對水的認識就是對玻璃的認識。

凝固，寒冷，易碎，

這些都是透明的代價。

透明是一種神秘的、能看見波浪的語言，

我在說出它的時候已經脫離了它，

脫離了杯子、茶几、穿衣鏡，所有這些

具體的、成批生產的物質。

但我又置身於物質的包圍之中，生命被欲望充滿。

語言溢出，枯竭，在透明之前。

語言就是飛翔，就是

以空曠對空曠，以閃電對閃電。

如此多的天空在飛鳥的身體之外，

而一隻孤鳥的影子

可以是光在海上的輕輕的擦痕。

有什麼東西從玻璃上劃過，比影子更輕，

比切口更深，比刀鋒更難逾越。

裂縫是看不見的。

3

我來了，我看見，我說出。

語言和時間渾濁，泥沙俱下，

一片盲目從中心散開。

同樣的經驗也發生在玻璃內部。

火焰的呼吸，火焰的心臟。

所謂玻璃就是水在火焰裡改變態度，

就是兩種精神相遇，

兩次毀滅進入同一永生。

水經過火焰變成玻璃，

變成零度以下的冷漠的燃燒，

像一個真理或一種感情

淺顯，清晰，拒絕流動。

在果實裡，在大海深處，水從不流動。

4

那麼這就是我看到的玻璃——

依舊是石頭，但已不再堅固。

依舊是火焰，但已不復溫暖。

依舊是水，但既不柔軟也不流逝。

它是一些傷口但從不流血。

它是一種聲音但從不經過寂靜。

從失去到失去，這就是玻璃。

語言和時間透明，

付出高代價。

5

在同一工廠我看見三種玻璃：

物態的，裝飾的，象徵的。

人們告訴我玻璃的父親是一些混亂的石頭。

在石頭的空虛裡，死亡並非終結，

而是一種可改變的原始的事實。

石頭粉碎，玻璃誕生。

這是真實的。但還有另一種真實

把我引入另一種境界：從高處到高處。

在那種真實裡玻璃僅僅是水，是已經

或正在變硬的、有骨頭的、潑不掉的水，

而火焰是徹骨的寒冷，

並且最美麗的也最容易破碎。

世間一切崇高的事物，以及

事物的眼淚。

1987.9.6於山海關

整個天空都是海水

海洋是晴空，陸地是陰天

層層氣候裹住萬物

烏雲和小麥在麵包中翻滾

我們耕耘肉體，收穫靈魂

把玉米一直種植到大海邊

斥退豐收，讓海浪洶湧

讓海的深藍色覆蓋月色

讓新月的嘴唇永遠閉上

它剛剛還在訴說一顆無邊跳動的心

而在月圓時，在一天的百年裡

我們世世代代的眼睛噙滿熱淚

從一隻鳥的遺骸看見盛大的魚群

整個天空都是海水

1986.9.7秦皇島

冷血的秋天

一夜大風吹掉月亮，
墨水和蠟燭燒焦了土地。
眼睛裡的火，幾乎全是水，
田野漂浮在向下的陰沈裡。

向下，一隻鳥陷入人形。
它所承受的並不是收穫，
卻使收穫顯得觸目。
一粒穀子的重量壓迫了生活。

所有鉛筆中的一隻寫頹了。
年輕的墨水換了一副面孔，
不在紙上哭，而是在黃金裡痛哭，
但這顆浩渺的寸心不被傳頌。

活著就得獨自活著，
並把喊叫變成安靜的言詞。
何必驚擾世世代代的亡魂，
它們死了多年，還得重新去死。

1987.11.成都

美人

這是萬物的軟骨頭的夜晚，
大地睡眠中最弱的波瀾。
她低下頭來掩飾水的臉孔，
睫毛後面，水加深了疼痛。

這是她倒在水上的第一夜，
隱身的月亮冰清玉潔。
我看見風靡的刮起的蒼白
焚燒她的額頭，一片覆蓋！

未經琢磨的鋼琴的顆粒，
抖動著絲綢一樣薄的天氣。
她是否把起初的雪看作高傲，
當淚水借著皇冠在閃耀？

她抒情的手為我們帶來安魂之夢。
整個夜晚漂浮在倒影和反光中
格外黑暗，她的眼睛對我們是太亮了。
為了這一夜，我們的半生將瞎掉。

然而她的美並不使我們更醜陋。

她冷冷地笑著，我們卻熱淚橫流。

所有的人都曾美好地生活過，

然後懷念，憂傷，美無邊而沒落。

1988.4.14成都

一夜蕭邦

只聽一支曲子，

只為這支曲子保留耳朵。

一個蕭邦對世界已經足夠。

誰在這樣的鋼琴之夜徘徊？

可以把已經彈過的曲子重新彈奏一遍，

好像從來沒有彈過。

可以一遍一遍將它彈上一夜，

然後終生不再去彈。

可以

死於一夜蕭邦，

然後慢慢地、用整整一生的時間活過來。

可以把蕭邦彈得好像彈錯了一樣。

可以只彈旋律中空心的和絃，

只彈經過句，像一次遠行穿過月亮，

只彈弱音，夏天被忘掉的陽光，

或陽光中偶然被想起的一小塊黑暗。

可以把柔板彈奏得像一片開闊地，

像一場大雪遲遲不肯落下。

可以死去多年但好像剛剛才走開。

可以

把蕭邦彈奏得好像沒有蕭邦。

可以讓一夜蕭邦融化在撒旦的陽光下。

琴聲如訴，耳朵裡空有一顆心。

根本不要去聽，心是聽不見的，

如果有人在聽蕭邦就轉身離去。

這已經不是他的時代，

那個思鄉的、懷舊的、英雄城堡的時代。

可以把蕭邦彈奏得好像沒有在彈。

輕點再輕點

不要讓手指觸到空氣和淚水。

真正震撼我們靈魂的狂風暴雨

可以是

最弱的，最溫柔的。

1988.11成都

最後的幻象（組詩，12首）

1，草莓

如果草莓在燃燒，她將是白雪的妹妹。
她觸到了嘴唇但另有所愛。
沒人告訴我草莓被給予前是否蕩然無存。
我漫長一生中的散步是從草莓開始的。
一群孩子在鮮紅迎風的意念裡狂奔，
當他們累了，無意中回頭
——這是多麼美麗而茫然的一個瞬間！

那時我年輕，滿嘴都是草莓。
我久已忘懷的青青草地，
我將落未落的小小淚水，
一個雙親纏身的男孩曾在天空下痛哭。
我反身走進烏雲，免得讓他看見。
兩個人的孤獨只是孤獨的一半。
初戀能從一顆草莓遞過來嗎？

童年的一次頭暈持續到現在。
情人在月亮盈懷時變成了紫色。
這並非一個抒情的時代，

草莓只是從牙齒到肉體的一種速度，
沒有比嘗到草莓更靠近死亡的。
哦，早衰的一代，永不復歸的舊夢，
誰將聽到我無限憐憫的哀歌？

1988.11.6

2，花瓶，月亮

花瓶從手上跌落時，並沒有妨礙夏日。
你以為能從我的缺少進入更多的身體，
但除了月亮，哪兒我也沒有去過。
在月光下相愛就是不幸。
我們曾有過如此相愛的昨天嗎？

月亮是對亡靈的優雅重獲。
它閃耀時，好像有許多花兒踮起了足尖。
我看見了這些花朵，這些近乎亡靈的
束腰者，但叫不出它們的名字。
花瓶表達了對身體的直覺，
它讓錯視中的月亮開在水底。
那兒，花朵像一場大火橫掃過來。

體內的花瓶傾倒，白骨化為音樂。
一曲未終，黑夜已經來臨。
這只是許多個盈缺之夜的一夜，
靈魂的不安在肩頭飄動。
當我老了，沉溺於對傷心咖啡館的懷想，

淚水和有玻璃的風景混在一起，
在聽不見的聲音裡碎了又碎。
我們曾經居住的月亮無一倖存，
我們雙手觸摸的花瓶全都掉落。
告訴我，還有什麼是完好如初的？

1988.11.9

3，落日

落日自咽喉湧出，
如一枚糖果含在口中，
這甜蜜、銷魂、唾液周圍的跡象，
萬物的同心之圓、沉淪之圓、吻之圓，
一滴墨水就足以將它塗掉。
有如漆黑之手遮我雙目。

哦疲倦的火，未遂的火，隱身的火，
這一切幾乎是假的。
我看見毀容之美的最後閃耀。

落日重重指涉我早年的印象。
它所反映的恐懼起伏在動詞中，
像拾級而上的大風刮過屋頂，
以舞者的姿態披散於眾樹。
我從詞根直接走進落日，
看著一個老人焚燒，像是無人愛過。
他曾站在我的身體裡，
為一束偶爾的光暈眩了一生。

落日是兩腿間虛設的容顏，

是對沉淪之軀的無邊挽留。

但除了那些熱血，沒有什麼正在變黑。

除了那些白骨，沒有誰曾經是美人。

一個吻使我渾身冰涼。

世界在下墜，落日高不可問。

1988.11.21

4，黑鴉

幸福是陰鬱的，為幻象所困擾。
風，周圍肉體的傑作。
這麼多面孔沒落，而秋天如此深情，
像一閃而過、額頭上的夕陽，
先是一片疼痛，然後是冷卻、消亡，
是比冷卻和消亡更黑的終極之愛。

然而我們一生中從未有過真正的黑夜。
在白晝，太陽傾瀉烏鴉，
幸福是陰鬱的，當月亮落到刀鋒上，
當我們的四肢像淚水灑在昨天
反覆凍結。火和空氣在屋子裡燃燒，
客廳從肩膀滑落下來，
往來的客人坐進烏鴉的懷抱。
每一隻烏鴉帶來兩個世界的溫柔。
這未知的言詞：如果已知還來得及說出。

我從未看見比一隻烏鴉更多的美麗。
一個赤露的女人從午夜焚燒到天明。

1988.11.3

5，蝴蝶

蝴蝶，與時間無關的自憐之火。
龐大的空虛來自如此嬌小的身段，
無助的哀告，一點力氣都沒有。
你夢想從蝴蝶脫身出來，
但蝴蝶本身也是夢，比你的夢更深。

幽獨是從一枚胸針的丟失開始的。
它曾別在胸前，以便你華燈初上時
能聽到溫暖的話語，重讀一些舊信。
你不記得寫信人的模樣了。他們當中

是否有人以寫作的速度在死去，
以針的速度在進入？你讀信的夜裡，
胸針已經丟失。一隻蝴蝶
先是飛離然後返回預兆，
帶著身體裡那些難以解釋的物質。
想從蝴蝶擺脫物質是徒勞的。
物質即絕對，沒有遺忘的表面。

蝴蝶是一天那麼長的愛情。

如果加上黑夜，它將減少到一吻。

你無從獲知兩者之中誰更短促：

是你的一生，還是一晝夜的蝴蝶？

蝴蝶太美了，反而顯得殘忍。

1988.12.19

6，玫瑰

第一次凋謝後，不會再有玫瑰。
最美麗的往往也是最後的。
尖銳的火焰刺破前額，
我無法避開這來自冥界的熱病。
玫瑰與從前的風暴連成一片。
我知道她嚮往鮮豔的肉體，
但比人們所想像的更加陰鬱。

往日的玫瑰泣不成聲。
她溢出耳朵前已經枯竭了。
正在盛開的，還能盛開多久？
玫瑰之戀痛飲過那麼多情人，
如今他們衰老得像高處的杯子，
失手時感到從未有過的平靜。

所有的玫瑰中被拿掉了一朵。
為了她，我將錯過晚年的幽邃之火。
如果我在寫作，她是最痛的語言。
我寫了那麼多書，但什麼也不能挽回。

僅一個詞就可以結束我的一生，

正如最初的玫瑰，使我一病多年。

7，雛菊

雛菊的昨夜在陽光中顫抖。
一扇突然關閉的窗戶闖進身體，
我聽見嬰孩開成花朵的聲音。
裙子如流水，沒有遮住什麼，
正像懷裡的雛菊一無所求，
四周莫名地閃著幾顆牙齒。
一個四歲的女孩想吃黃金。

雛菊的側面從事端閃回肉體
雨水與記憶摻和到暗處，
這含混的，入骨而行的極限之痛，
我從中歸來的時候已經周身冰雪。
那時滿地的雛菊紅得像疾病，
我嗅到了其中的火，卻道天氣轉涼。
一個十二歲的女孩穿上衣服。

花園一閃就不見了。
稀疏的秋天從頭上飄落，
太陽像某種缺陷，有了幾分雪意。

對於遲來者，雛菊是白天的夜曲，

經過彈了就忘的手直達月亮。

人體的內部自花蕊溢出，

像空谷來風不理會風中之哭。

一個十七歲的少女遠嫁何方？

1988.11.29

8，慧星

太短促的光芒可以任意照耀
有時光芒所帶來的黑暗比黑暗更多。
屋裡的燈微弱不均地亮到天明，
一顆彗星死了，但與預想無關。

人要走到多高的地方才能墜落？
如空氣的目擊者俯身向下，
尋找自身曾經消逝的古老痕跡。
我不知道正在消逝的是老人還是孩子，
死亡太高深了，讓我不敢去死。
一個我們稱之為天才的人能活多久？

彗星被與它相似的名稱奪走。
時間比突破四周的下頜高出一些，
它迫使人們向上，向高處的某種顯露，
向屋頂陰影的漂移之手。
彗星突然亮了，正當我走到屋外。
我沒想到眼睛最後會閃現出來，
光芒來得太快，幾乎使我瞎掉。

1988.12.4

9，秋天

讓我倒向離我而去的親人的懷抱吧！
倒向我每日散步的插圖裡的空地。
那謎一樣開滿空地的少年的邂逅，
他曬夠了太陽，掉頭走進樹蔭。
再讓我歌唱夏日為時已晚，
那麼讓我忘掉初戀，面對世界痛哭。
哦秋天，不要這樣迷惘！

不要讓一些往事雪一樣從頭頂落下，
讓另一些往事像推遲發育的肩膀
在漸漸稀少的陽光中發抖。
我擔心我會從岔開的小路錯過歸途。
是否一個少女在走來，要靠近我時
倒下了？是否一天的太陽分兩天照耀？

當花園從對面傾斜的屋頂反射過來。
所有的花園起初都僅僅是個夢。
我要揉碎這些迷夢，但兩手在空中
突然停住。我為自己難過。

一想到這是秋天我就寬恕了自己，

寬恕自己也就寬恕了世界。

哦心兒，不要這樣高傲！

1988.12.12

10，初雪

下雪之前是陽光明媚的顧盼。
我回頭看見家園在一枚果子裡飄零，
大地的糧食燃到了身上。
玉碎宮傾的美人被深藏，被暗戀。

移步到另一個夏天。移步之前
我已僵直不動，面目停滯，
然後雪先於天空落下。
植物光禿禿的氣味潛行於白晝，
帶著我每天的空想，蒼白之火，火之書。
看雪落下是怎樣一種恩典和憂傷，
並且，雪落下的樣子是多麼奇妙！
誰在那邊踏雪，終生不曾歸來？

踏雪之前，我被另外的名字傾聽。
風暴捲著羊群吹過我的面頰，
但我全然不知。
我生命中的某一天永遠在下雪，
永遠有一種忘卻沒法告訴世界，

那兒，陽光感到與生俱來的寒冷。

初雪，忘卻，相似的茫無所知的美。

何以初雪遲遲不肯落下？

下雪之前，沒有什麼是潔白的。

1988.12.14

11，老人

他向晚而立的樣子讓人傷感。
一陣來風就可以將他吹走，
但還是讓他留在我的身後。
老年和青春，兩種真實都天真無邪。

風景在無人關閉的窗前冷落下來。
遙遠的窗戶，無言以對的四周，
一條走廊穿過許多早晨。
兩端的花園低音持續。
應該將哭泣和珍珠串在一起，
圍繞那些雪白的刺眼的
那些依稀夏日的一再回頭。

我回頭看見了什麼呢？
老人還在身後，沒有被風吹走。
有風的地方就有臨風站立的下午，
但老人已從遠處回到室內。
風中的男孩引頸向晚，
懷抱著落日下沉。

在黑暗中，盲目是光之起源，
如果我所看見的是哀悼光芒的老人。

1988.12.16

12，書卷

白晝，眼睛的陷落，
言詞和光線隱入肉體。
伸出的手使知覺縈繞或下垂。
如此肯定地閉上眼睛，
為了那些已經或將要讀到的書卷。

當光線在灰燼暗淡的頭顱聚集，
懷裡的書高得下雪，視野多霧。
那樣的智慧顯然有些昏厥。
白晝沒有外形，它將隱入肉體。
如果眼睛不曾閉上，
誰洋溢得像一個詞但並不說出？

老來我閱讀，披著火焰或飢餓。
飢餓是火的糧食，火是雪的舌頭。
我看見鏡子和對面的書房，
飛鳥以剪刀的形狀橫布天空。
閱讀就是把光線置於剪刀之下。
告訴那些汲水者，諸神渴了，

知識在焚燒，像奇異的時裝。

緊身的時代，誰赤裸得像皇帝？

1988.12.29海口—成都

快餐館

1

貨幣如階梯，存在懸而未決。

遠景，火星人的眺望，天堂在最底層。

愛或被愛因推遲而成了慢動作，長話

短說的奇遇，電話裡，花開的聲音突然停電。

牛浮鼻而過，一張張發票臉在飄移

滑落。過去的現在，

公共關係，教條或發條，環繞著

腰部以下的帶花邊的暈眩。

四顆並列的頭顱使心事變得昂貴，

以此酬答小人物的一生。增長的紙幣，

厚黑學的高度，將財富和統轄

限定在暈眩中心。對這一切的詢問，僅有

鬆懈的句法，難以抵達詩歌。

2

受針砭的現實，傾斜向街道。

風中的快餐館沒有頭緒被吹起。

爐膛的火焰以風的速度接近熄滅，

正如內心的陰影以過肩的長髮，天鵝
以綠色的絨面展開午餐。
微弱的火，無以命名的事物，
整座城市燃燒到嘴唇。
人的一生只是從牙齒到牙齒
的一種叩碰。火沒有重點，它到處
觸及食物。餐具卻是冰冷的，
閃耀著毫不動心的傳統的質地。
生食或熟食、速食或盛宴，
以及兩者之間的飢餓。

3

一群食客提著鳥籠似的家庭
沿街走來，餐館
懸浮在與衛生間平行的高度上。
雙親附體的一代，兩個身體平分的
嘴唇。流言和物價此起彼伏，
進入天低風涼的瑣事
和渺茫。營養多得像霧，
像牽涉陰影的光線。

年齡透過裙子，輕輕提到腰際，
徐行或靜坐時下垂，禮貌起了縐褶。
風把中年的心境呈現在個別事物裡，
顯露突然塌下的動作和齒痕。
這是正午，陽光垂直站立，
食客成群，圍住性別可疑的主婦，
裙子像火焰迴旋。

4

飢餓療法，以及由此形成的緊身之美。
一座細腰身城市在馬蹄形客廳裡
來回晃悠，唯美的人以厭食為生。
早晨的問候縮回喉嚨，遲滯的熱量，
切片的或夾心的麵包，麵包裡
縈繞脖子、散漫如浴後的女人味，
以及天氣變壞時灑了一地的牛奶。
魚刺和牛排陷入肉中，攜帶各自的
影射。粉碎瓷器，鑄造金屬。
瞧那些代用品，那些進餐時閃閃發光的
假牙和餐刀，我們時代的局部驕傲。

5

文明的全部含義在於預製和搭配。
我們被告知飲食的死亡是預先的，
不可逆的，它支撐了生存
和時間。動詞的時態攙和到食譜當中。
動物的記憶體，墨水的血，刀捅進語言的心臟時
身體的尖叫，蛋白和脂肪，所有這些
搭配在一起。遺忘和消化混而不分。
遺忘即閱讀，消化則染上了近視的目光。
我無法區分說出的或書寫的，它們
並不透明，卻以玻璃的方式
在阻擋聽覺時容忍了觀看。
辭彙表如窗簾下垂，室內的氣氛
散佈在臉上，幽暗而動人，但並不照耀。
讓我撩開那些越界的、任意搭配的
詞的複義，察看寫作和飲食的真實環境，
讀物，建築物，往返其間的文明人。

6

苦悶的列車從宴會駛出，穿過
下墜的胃，宴會被旅行打斷了三次，
這軟包裝的人生，顛簸的急迫的空間。
胃下墜了三公分。其位置和形狀
使我想起尤利西斯，那個橫布天空的
豪飲者。他是否從恐龍的脊椎
一直追蹤到文明的雞尾？
文明就是盲人睜著眼睛，就是
把拿破崙和人頭馬攪混在杯中
給乏味的午餐增添一點死亡的加速度。
午餐最終將減少到一個詞，與落日的印象
重疊在一起。這些都與雞尾無關。
從雞尾宴會到恐龍的椎骨，其間的路途
僅有半小時。半小時改變不了什麼。

7

我們稱之為時間、海和權力的，
經由鹽縮小，為軀體所攝取。統治

從鹽開始，遇到了水和書籍。

鹽，修辭的雪，以寒冷為品質，

立即就融解了。人所承諾的生命

之脆弱，淚水或凝聚，詞或雪，

最終被描繪為夢境，大地純潔的表面。

鹽立即就融解了。如果寒冷是無辜的，

它能在我們每天五千卡的熱量中

存留多久？我們能從花椒、芥茉和甜醬

混為一體的雜色中，看到正在消失的

鹽的事實嗎？就像我們

從臨盆的普遍痛苦看到許多年前的

寂靜，幽會，月光起伏的曠野和山巒一樣？

所有這些調味品中，鹽是最寒冷的，

如果陽光正好為一對情人照射，而他們

剛剛還在哭泣，好像從來沒哭過。

8

那麼給人們的四肢接通電流，讓他們

體驗速度，起源，熱力和麻木。

給他們的啤酒加點冰塊。一個

人造的、工業的冬天，

不過是一小時的高壓電流。

多少個抽樣的冬天加在一起，才能阻止

夏天的老人像泡沫一樣溢出？

一列火車穿越杯中的冰塊和面孔，

那麼多不寒而慄的並置物，事實

被一把餐刀從中切開，或鑲上了假牙。

夏天是旅行的季節，冬天卻意味著

只剩下老年還沒有抵達。我們這一代

真的能抵達老年嗎？真的那些維生素

能緩解時間，把高消費的夏季

變成慢動作的青春？世界能凍結嗎？

當衰老和生長交替出現在飲食內部，

冰塊，一小時的高電壓的冬天，太瘋狂了。

我們被告知肉體的死亡是預先的。

一個每分鐘都在死去的人，還剩下什麼

能夠真正去死？死從來是一種高傲，

正如我們無力抵達的老年。

9

還是回到與童年鄰接的懷舊的柔板。
儘管童年是一隻剛剛削過的梨子，
落日般的容貌，並不惹人憐惜。
我們已經玷污了太多的憂傷。多年來
我們散步，從餐桌一直走到田野盡頭。
飲食也是憂傷，一種收穫日的
謝恩。那持續到午後的是寂靜，
沒有交談者的耳語的秋天。
面對涼風習習的親人和舊日，
家畜像過節的盛裝，我已將它脫掉。
心情在垂老和童年的幻象中轉換不已。

10

簡單的速食，滿街都在叫賣。
一組短促的陳述句構成了中午
和人生，人性的定量表達。
人近乎一個假設。雙重的人。
食肉的或素食的人。徒有語象的人。

那些清教徒，道德上的禁欲者，
把肉體看作負罪，看作對清澈的
恐懼。而我們在多肉的本質裡生長，
並不擁有比獸類更多的風吹和波瀾。
我在乾旱的季節吃魚，沙漠朝我湧起。
我讀過聖經：魚刺在肉中影射飢餓。

1989.10.於成都

馬　馬，浪漫世界的最後高蹈，

從生之初的形象邁入冥界，又從冥界邁開，

多麼優雅的平穩踱步像波浪。

馬，暗物質的深藏不露的紋理，

肉體或速朽之劍的閃電。

閃電所攜帶的盲目火焰如覆巢翻滾，

激動著，抖落著從心靈湧出的遼闊原野

和誰的落日。馬無夢

因而其奔馳不捨晝夜。

馬想從我們身邊

跑到哪裡去呢？

草茂盛則群馬逆光而馳，

與夜裡的騎手交換肢體

和新娘。馬抒情的無夢之軀對騎手是恰當的，

使萬物無聲無嗅，

屈從於更為隱忍的力量所包含的

初始無遮的命名，天堂的

雛形，以及對地獄的狂想。

斷弦如馬頭繞指，

沈默使遠方的歌聲閃耀白鹽。

馬的軀體離弦而逝，
弦外的回聲對傾聽並不存在。

厭倦了讚頌和到達，厭倦了自身的不朽，
渴望消逝，渴望事物的短暫性。
馬在白晝以弓形顯現黑夜，在黑夜
離開黑夜，在狂奔中離開騎手。
馬，它的顛覆，它的空茫，
深入到自然的神秘運轉，深入到天與地的
飄忽直角，它的一躍陷入肉身。
騎手墜馬而亡，
馬眼睛在傷口裡合攏，成為人的故鄉。

　　馬的消逝由來已久
　　高蹈者無跡可尋。

馬穿過人體使之成為烏雲。
風暴刮起一些屋頂作為馬的碎片，
歲月在飛鳥的脊背上
忍受馬蹄，馬踏飛鳥而高馳於下界。

馬蹄踏碎的不止一顆心。
一支遠渡大海的軍隊潛入馬的內腹，
一座臨海哭泣的空城至今仍在哭泣。

肉中的朽木，美人中的美人，
馬是否想念非花非霧的容貌？

彎弓的古代有馬的弧度
和半徑，陰晴相間，緩疾莫測。
秋天如馬的肺活量一樣寬闊起伏，
月亮在低語處如馬肺高懸。
馬的無夢之馳
沿根莖紛披於落葉。眾目所望的月亮，
缺少單獨的心，月之委曲
與馬嘶共眠於青青草地上的疊影，
揮鞭所及的額頭與馬蹄相觸於秋天的雲層。
秋天的心情比消逝更為久遠。
為什麼額頭會在琴弦上
顯示比傾聽更為久遠的憂傷，顯示
馬的狂奔為根鬚吸入？
如果瘋狂奔跑的馬想慢下來

像長眠者把手擱在心口上那樣
慢下來，
該如何解釋身後那片任憑解釋的大地？

群馬在陽光下，不像群馬在月亮中
或月亮在馬眼睛裡那麼神秘。

月亮中的火焰如水漫出
月亮過多地積水，血變成了鐵，
一種冷兵器時代的熱烈風景，在另一個時代
是不能入土的種子，
比雨水更冷地閃現出來，比火焰
更迅速地舔到天空。
馬骨頭中最軟弱的東西，在根鬚裡
糾纏，在根鬚裡僅是一些幻影，斷莖，
或是一些煙縷，渴望發狂的嘴唇。
馬骨頭裡的玉，從前玉生煙的足音，
自身不是亡靈但催促亡靈在花朵中
盛開。有多少這樣的通靈者，
從熱病退去，從浪漫形象的最後高蹈
退去，退向玉的呼吸深處，
隱身於更瘋狂的激情的掩埋？

天空下面孤獨的過往者，
為什麼馬會在他們眼裡成為淚水？

月亮的盈缺與馬互換了面孔。
人不能期待流出的血
成為月亮中高懸的鏡子，
猶如馬的肺活量在深秋的大地上形成風暴，
無視來自眾樹根鬚的
告誡。漂泊者不必歸根，飢餓者
不必收穫，馬的晚餐隨處生長。
馬無根
因而其奔馳無所眷戀。
面對隱而不顯的此時此地──
為日趨沒落的高貴心境所保留的
對消逝的渴望，對事物短暫性的渴望，
馬並沒有準備必不可少的哀愁。

從人的歎息取走玉生煙
正如從馬骨頭取出一些石頭。

舊時代的哀愁，過多被人傾訴，
成了聖寵般的教導，凝聚在
永久但無助的一瞥中。
不祥的寂靜
比遺忘更早地投於對群馬的觀看。
馬如此優美而危險的軀體
需要另一個軀體來保持
和背叛。馬和馬的替身
雙雙在大地上奔馳。

馬頭下垂，高枕落日，
誰在落日中焚燒而不成為黑夜的良心？

迅疾有餘，反而顯得緩慢，
馬的到來推遲了時限。
被放棄的永生，在超出永生的速度中
彎曲了，驅散了。
馬的影子透過複製的縱深，
兩腰迭出，四蹄突破前額，
由此形成了時間上的錯視和重圍。
馬奔向愛和末日，奉獻神髓。

然而我們的心

太容易破碎，難以承受盡善盡美的事物。

馬，天之驕子，聽命於天。

馬之不朽有賴於非馬。

1990.2.15於成都

拒絕

並無必要囤積，並無必要
豐收。那些被風吹落的果子，
那些陽光燃紅的魚群，撞在額頭上的
眾鳥，足夠我們一生。

並無必要成長，並無必要
永生。一些來自我們肉體的日子
在另一些歸於泥土的日子裡
吹拂。它們輕輕吹拂著淚水
和面頰，吹拂著波浪中下沉的屋頂。

而來自我們內心的警告像拳頭一樣
緊握著，在頭上揮舞。並無必要
考慮，並無必要服從。
當刀刃捲起我們無辜的舌頭，
當真理像胃痛一樣難以忍受
和咽下，並無必要申訴。
並無必要穿梭於呼嘯而來的喇叭。

並無必要許諾，並無必要
讚頌。一隻措辭學的喇叭是對世界的

一個威脅。它威脅了物質的耳朵，
並在耳朵裡密謀，抽去耳朵裡面
物質的維繫，使之發抖
使之在一片精神的怒斥聲中
變得軟弱無力。並無必要堅強。

並無必要在另一個名字裡被傳頌
或被詛咒，並無必要牢記。
一顆心將在所有人的心中停止跳動，
將在權力集中起來的骨頭裡
塑造自己的血。並無必要
用只剩幾根骨頭的信仰去懲罰肉體。
並無必要饒恕，並無必要
憐憫。飄泊者永遠飄泊，
種植者顆粒無收。並無必要
奉獻，並無必要獲得。

種植者視鹼性的妻子為玉米人。
當鞭子一樣的飢餓驟然落下，
並無必要拷打良心上的玉米，
或為玉米尋找一滴眼淚，

一粒玫瑰的種子。並無必要
用我們的飢餓去換玉米中的兒子，
並眼看著他背叛自己的血統。

1990.4.5.於成都

春天

正如玫瑰在一切鮮血中是最紅的，
它將在黑色的傷口裡變得更黑，
阻止革命用左臂高舉
或下垂，因為緊握手中的並不是春天。

正如火焰在白色的恐懼中變得更白，
它也將在垂死者的眼珠裡發綠，
不是因為仇恨，而是因為愛情，
那像狼爪子一樣陷在肉中的春天的愛情！

雙唇緊閉的，咬緊牙齒的春天，
從舌頭吐出毒蛇的嘶嘶聲，
陰影和飢餓穿過狼肺，
在直立的血液中扭緊、動搖。

纏住我們脖子的春天是一條毒蛇，
撲進我們懷抱的春天是一群餓狼。
就像獲救的溺水者被扔進火裡，
春天把流血的權力交給了愛情。

蛇佩帶月亮竄出了火焰，
狼懷著愛情倒在玫瑰花叢。
這不是相愛者的過錯，也不是
強加在我們頭上的不朽者的過錯。

人心的邪惡隨著萬物生長，
它把根紮在死者能看到的地方。
在那裡，人心比眼睛看得更遠，
雙手像冒出的煙一樣被吸入鼻孔。

人不能把凍僵的手擱在玫瑰上取暖，
儘管玫瑰和火焰來自相同的號召，
在全體起立的左臂中傳遞著
一年一度的盛開，一年一度的焚燒。

人也不能把燒焦的嘴貼在火焰上冷卻，
儘管火焰比情人更快地成為水，
上升到親吻之中最冷的一吻，
一年一度被摘去，一年一度被撲滅。

1990.4.20於成都

豹徽

豹子的吼叫驚散了羊群
它把回聲的震動
減輕到薄如蟬翼的傷害
而它奔放的肢體沈浸在嗓子裡
並不在意耳邊的大地
是否有霍霍吹動的羔羊

豹在人的徽章中吼叫
它的前額比以往的憤怒更為廣闊
但並不隨著落日在羊群裡滾動
羊身上的雲堆
把豹子捲入統治者的行列
然而豹子已倦於追逐
這正如黑夜中的狂風驟雨
被從天而降的大火燒得通紅

人遠遠看到的奇觀
像皇族的血統在額角閃耀
像借助吼叫的怒火被壓了下去
羊埋頭吃草安度一生
人豎起羊的耳朵

傾聽遠處的豹子被羊角分開

傾聽覆蓋夏天的絢爛豹皮

豹在它的盛怒中燃盡

它高貴的血吹拂著荒原上的羊齒草

羊茫無所知地分食豹頭

人舉起豹尾驅趕羊群

並不知道豹的頭骨碎了更美

豹是熱病在人的身體裡發作

在人的胸前潰爛

像一個惡瘡或一枚徽記

像淚水裡的碴子從眼角吹了出來

1990.5.5於成都

寂靜

站在冬天的橡樹下我停止了歌唱

橡樹遮蔽的天空像一夜大雪驟然落下

下了一夜的雪在早晨停住

曾經歌唱過的黑馬沒有歸來

黑馬的眼睛一片漆黑

黑馬眼裡的空曠草原積滿淚水

歲月在其中黑到了盡頭

狂風把黑馬吹到天上

狂風把白骨吹進果實

狂風中的橡樹就要被連根拔起

1990.9.4於成都

傍晚穿過廣場

我不知道一個過去年代的廣場
從何而始，從何而終。
有的人用一小時穿過廣場，
有的人用一生——
早晨是孩子，傍晚已是垂暮之人。
我不知道還要在夕光中走出多遠才能
停住腳步？

還要在夕光中眺望多久
才能閉上眼睛？當高速行駛的汽車
打開刺目的車燈。
那些曾在一個明媚早晨穿過廣場的人
我從汽車的後視鏡看見過他們一閃即逝
的面孔。
傍晚他們乘車離去。

一個無人離去的地方不是廣場，
一個無人倒下的地方也不是。
離去的重新歸來，倒下的卻永遠倒下了。
一種叫做石頭的東西

迅速地堆積，屹立，

不像骨頭的生長需要一百年的時間，

也不像骨頭那麼軟弱。

每個廣場都有一個用石頭疊起來的腦袋，

使兩手空空的人們感到生存的

份量。以巨大的石頭腦袋去思考和仰望，

對任何人都不是一件輕鬆的事。

石頭的重量

減輕了人們肩上的責任、愛情和犧牲。

或許人們會在一個明媚的早晨穿過廣場，

張開手臂在四面來風中柔情地擁抱。

但當黑夜降臨，雙手就變得沉重。

唯一的發光體是腦袋裡的石頭，

唯一刺向腦袋的利劍悄然墜地。

黑暗和寒冷在上升。

廣場周圍的高層建築穿上了瓷和玻璃的時裝。

一切變得矮小了。石頭的世界

在玻璃反射出來的世界中輕輕浮起，
像是塗在孩子們作業本上的
一個隨時會被撕下來揉成一團的陰沈念頭。

汽車疾駛而過，把流水的速度
傾注到有著鋼鐵筋骨的龐大混凝土制度中，
賦予寂靜以喇叭的形狀。
過去年代的廣場從汽車的後視鏡消失了。

永遠消失了——
一個青春期的、初戀的、佈滿粉刺的廣場。
一個從未在帳單和死亡通知書上出現的廣場。
一個露出胸膛、挽起衣袖、紮緊腰帶
一個雙手使勁搓洗的帶補丁的廣場。

一個通過年輕的血液流到身體之外
用舌頭去舔、用前額去下磕、用旗幟去覆蓋
的廣場。

空想的、消失的、不復存在的廣場，
像下了一夜的大雪在早晨停住。

一種純潔而神秘的融化

在良心和眼睛裡交替閃耀，

一部分成為叫做淚水的東西，

一部分在叫做石頭的東西裡變得堅硬起來。

石頭的世界崩潰了。

一個軟組織的世界爬到高處。

整個過程就像泉水從吸管離開礦物，

進入蒸餾過的、密封的、有著精美包裝的空間。

我乘坐高速電梯在雨天的傘柄裡上升。

回到地面時，我抬頭看見雨傘一樣撐開的

一座圓形餐廳在城市上空旋轉。

這是一頂從魔法變出來的帽子，

它的尺寸並不適合

用石頭壘起來的巨人的腦袋。

那些曾經托起廣場的手臂放了下來。

如今巨人靠一柄短劍來支撐。

它會不會刺破什麼呢？比如，曾經有過的

一場在紙上掀起，在牆上張貼的脆弱革命？

從來沒有一種力量

能把兩個不同的世界長久地黏在一起。

一個反覆張貼的腦袋最終將被撕去。

反覆粉刷的牆壁,

被露出大腿的混血女郎佔據了一半。

另一半是安裝假肢、頭髮再生之類的誘人廣告。

一輛嬰兒車靜靜地停在傍晚的廣場上,

靜靜地,和這個快要發瘋的世界沒有關係。

我猜嬰兒車與落日之間的距離

有一百年之遙。

這是近乎無限的尺度,足以測量

穿過廣場所經歷的一個幽閉時代有多麼漫長。

對幽閉的普遍恐懼,

使人們從各自的樓居雲集廣場,

把一生中的孤獨時刻變成熱烈的節日。

但在樓居深處,在愛與死的默默注目禮中,

一個空無人跡的影子廣場被珍藏著,

像緊閉的懺悔室只屬於內心的秘密。

是否穿過廣場之前必須穿過內心的黑暗？
現在黑暗中最黑的兩個世界合成一體，
堅硬的石頭腦袋被劈開，
利劍在黑暗中閃閃發光。

如果我能用劈成兩半的神秘黑夜
去解釋一個雙腳踏在大地上的明媚早晨——
如果我能沿著灑滿晨曦的臺階
登上虛無之巔的巨人的肩膀，
不是為了升起，而是為了隕落——
如果黃金鐫刻的銘文不是為了被傳頌，
而是為了被抹去，被遺忘，被踐踏——

正如一個被踐踏的廣場必將落到踐踏者頭上，
那些曾在明媚的早晨穿過廣場的人
他們的步伐遲早會落到利劍之上，
像必將落下的棺蓋落到棺材上那麼沉重。
躺在裡面的不是我，也不是
行走在劍刃上的人。

我沒想到這麼多的人會在一個明媚的早晨
穿過廣場，避開孤獨和永生。
他們是幽閉時代的倖存者。
我沒想到他們會在傍晚離去
或倒下。

一個無人倒下的地方不是廣場，
一個無人站立的地方也不是。
我曾經是站著的嗎？還要站立多久？
畢竟我和那些倒下去的人一樣，
從來不是一個永生者。

1990.9.18於成都

墨水瓶

紙臉起伏的遙遠冬天，
狂風掀動紙的屋頂，
露出筆尖上吸滿墨水的腦袋。

如果鋼筆擰緊了筆蓋，
就只好用削過的鉛筆書寫。
一個長腿蚊的冬天以風的姿勢快速移動。
我看見落到雪地上的深深黑夜，
以及墨水和橡皮之間的
一張白紙。

已經擰緊的筆蓋，誰把它擰開了？
已經用鉛筆寫過一遍的日子，
誰用吸墨水的筆重新寫了一遍？

覆蓋，永無休止的覆蓋。
我一生中的散步被車站和機場覆蓋。
擦肩而過的美麗面孔被幾個固定的詞
覆蓋。
大地上真實而遙遠的冬天

被人造的220伏的冬天覆蓋。

綠色的田野被灰濛濛的一片屋頂覆蓋。

而當我孤獨的書房落到紙上，

被墨水一樣滴落下來的集體宿舍覆蓋，

誰是那傾斜的墨水瓶？

1990.12.17於成都

春之聲

從灰暗的外套翻出紅色毛衣領子，
高高地挽起褲腳，赤足淌過小河，
喉嚨感到融雪的強烈刺痛，
春天的咕咕水泡冒出大地。

早晨翻過身來，陽光灼燒的脊背
像一面斜坡朝午後的低窪處泛起。
春天的有力曲線削弱了
蜷伏在人體裡的慵懶黑貓。

夢中到來的大海，我緊緊壓住的胸口
在經歷了冬眠和乾旱之後，又將經歷
愛情的滾滾洪水和一束玫瑰。
我的頭上野蜂飛舞。

從前是這樣：當我動身去遠方，
春天的悶罐車已經沒有座位。
春天的黑色汽笛湧上指尖，
我放下了捂住耳朵的雙手。

現在依舊是這樣：春天的四輪馬車

在天空中奔馳，我步行回到故鄉。

春天的熱線電話響成一片。

要是聽不到老虎，就只好去聽蟋蟀。

1991.3.5於成都

星期日的鑰匙

鑰匙在星期日早上的陽光中晃動。
深夜歸來的人回不了自己的家。
鑰匙進入鎖孔的聲音，不像敲門聲
那麼遙遠，夢中的地址更為可靠。

當我橫穿郊外公路，所有車燈
突然熄滅。在我頭上的無限星空裡
有人捏住了自行車的剎把。傾斜，
一秒鐘的傾斜，我聽到鑰匙掉在地上。

許多年前的一串鑰匙在陽光中晃動。
我拾起了它，但不知它後面的手
隱匿在何處？星期六之前的所有日子
都上了鎖，我不知道該打開哪一把。

現在是星期日。所有房間
全部神秘地敞開。我扔掉鑰匙。
走進任何一間房屋都用不著敲門。
世界如此擁擠，屋裡卻空無一人。

1991.8.23於成都

空中小站

下

午，我在途中。
遠方的小火車站像狼眼睛一樣閃耀。

火車站並不遠，天黑前能夠到達。
我要去的地方是沒有黑夜的城市。
警察局長的辦公桌放在空無一人的
廣場中央，大街上的行人是雕塑，
密探的面孔像雨水在速寫的墨水中
變成深色。汽笛響過後
無人乘坐的火車
開出車站，我錯過了開車的時間。

有一座上層建築，頂端是花園。
有一個空中小站，懸於花園之上。
有一段樓梯，高出我的視野。
有一次旅行，通向我對面的座位。
而我從未去過的城市，狂歡的
露天晚宴持續到天明，吹了一夜的風
突然停止，郵件和人事檔案漫天飄落。

下午，我在途中。

遠方有一個

高於廣場和上層建築的空中小站。

1992.2.15.

茨維塔耶娃

帶來愛情的三隻橘子在枯枝間奔跑。

空出兩個座位的俄羅斯馬車，停在濃霧

像兔子的兩隻耳朵偏離面孔的地方。

前胸袒露，沒有真正的胸針。

花簇在頭上像一場雪崩。傍晚

我看見穿紅色登山服的人們

懷抱落日從起風的山腰刮了過去。

山頂在屋頂後面，並不十分遙遠。

短促的句子。婚禮上

新郎神秘地失蹤，人們團團圍住的新娘

穿戴仿製的項鏈和金手鐲。

她不相信自己會長大到21歲，

對所有的已知事物她都佯裝不知。

三隻愛情的橘子，她只能得到一隻。

也許比一隻還少：心分成兩半，

它是用蠟做成的。

1992.3.18於成都

計劃經濟時代的愛情

時尚最終將垂青於那些
蔑視時尚的人。不是一個而是
一群兒女如雲的官員,緩緩步下
大理石臺階,手電筒的光柱
朝上直立:兩腿之間虛妄的
攀登。女秘書順手拔下
充電器的金屬插頭,沒有
再次插入。

陰陽相間、空心的塑膠軟管,
裹緊100根扭住的
散佈在開端的清晰頭髮絲。電鍍銀
消褪之後,女秘書對官員
的眾多下屬說:給每秒鐘
3000立方米的水流量
安裝100個減壓開關。

硬的軟了下來,老的
更老。順著黑夜裡
一道微弱的光柱往上爬──

硬幣、紙幣，家庭的流水帳目，

一生積蓄像火焰在水底。

一個官員要穿過100間臥室，

才能進入妻子的、像蓄水池上升到唇邊

那麼平靜的睡眠。錄間電話裡

傳來女秘書帶插孔的聲音。

一根管子裡的水，

從100根管子流了出來。愛情

是公積金的平均分配，是街心花園

聳立的噴泉，是封建時代一座荒廢後宮

的秘密開關：保險絲斷了。

                                    1992.4.6於成都

晚餐

香料接觸風吹
之後，進入火焰的熟食並沒有
進入生鐵。鍋底沈積多年的白雪
從指尖上升到頭顱，晚餐
一直持續到我的垂暮之年。
不會
再有早晨了。在昨夜，在點蠟燭的
街頭餐館，我要了雙份的
捲心菜，空心菜，生魚片和香腸，
搖晃的啤酒泡沫懸掛。
清帳之後，
一根用手工磨成的象牙牙籤
在疏鬆的齒間，在食物的日蝕深處
慢慢攪動。不會再有早晨了。
晚間新聞在深夜又重播了一遍。
其中有一則訃告：死者是第二次
死去。
短暫地注視，溫柔地訴說，
為了那些長久以來一直在傾聽
和注視我的人。我已替亡靈付帳。

不會再有早晨了，也不會
再有夜晚。

1992.6.15於成都

電梯中

電梯就要下降，蘋果遞了過來
作為對想像力的補充。擠出人群
你就能進來。要是上班到得太早，
蘋果還在樹上，正如新一代拒絕成長。

你以為電梯下降時他們會留在天空中？
要是你上班來遲了，就索性再遲一些。
接班的含義是，兩個緊緊相挨的座位
彼此交換了運氣和門牌號碼。

權力有一張終於被忘記的臉，
它是從打了記號的撲克挑選出來的。
一個掙錢比別人多的人總是缺錢花，
當他開始欠錢，就會變得闊綽起來。

你臉上的微笑是膠水黏上去的，
我能從中聞到一股化學變化的氣味。
你哭泣的樣子像是假裝在哭泣，
你真的以為淚水是沒有骨頭的嗎？

帶上你的女兒，美容院

能從她的美貌去掉不斷成長的美。

但是剩下的依然在成長，衰老不過是

美在變得更美時顫慄了。

這一切只能從心靈去解釋。

整座城市壓在你的身上，超出了

心臟病的重量。為什麼是在天空中？

蘋果突然墜落，電梯來不及下降。

1993.2.7於成都

關
於
市
場
經
濟
的
虛
構
筆
記

1

從任何變得比它自身更小的窗戶
都能看到這個國家，車站後面還是車站。
你的眼睛後面隱藏著一雙快速移動的
攝影機的眼睛，喉嚨裡有一個帶旋鈕的
通向高壓電流的喉嚨：錄下來的聲音，
像剪刀下的卡通動作臨時湊在一起，
構成了我們這個時代的視覺特徵。
一列蒸汽火車駛離裝飾過的現實，一個口號
使龐大的重工業變得輕浮。在口號反面的
廣告節目裡，政治家走向沿街叫賣的
銀行家的封面肖像，手中的望遠鏡
顛倒過來。他看到的是更為遙遠的公眾。

2

銀行家會不會舉手反對省吃儉用的
計劃經濟的政治美德？花光了掙來的錢，
就花欠下的。如果你把已經花掉的錢
再花一遍，就會變得比存進銀行更多，

也更可靠。但是無論你掙多少錢，
數過一遍就變成了假的。一切都在增長
和變化，除了打光子彈的玩具槍，
除了從魔術掏出來的零用錢。
偽裝的自傳，滲透到公眾利益的基礎，
從個人積蓄去掉時間，去掉先知先覺的
冰冷常識。如果還不是什麼都不需要，幸福
就會越來越少。夠吃就行了，沒有必要豐收。

3

道德和權力的懷鄉病在一句子裡
加了括弧，不能集中到一個人的嘴上。
你將眼看著身體裡長出一個老人，
與感官的玫瑰重合，像什麼
就曾經是什麼。機器時代的成長
總是在一秒鐘的暈眩裡嫌一生太漫長。
你知道自己重視的是青春，卻選擇了一門
到老年才帶來榮耀的技藝。要想在年輕時
揮霍老年的巨大財富，必須借助虛無的力量
成為自己身上的死者。大海難以描述的顏色

穿插進來，把你的面孔變成紛亂的小雨，

在加了一道黑邊的鏡框裡突然亮起來。

4

不要那麼看重死後的名聲，它們

並不真的存在，你能從中騰出手來

去拆一封生前的信。肉體的交談

沒有固定不變的郵政地址，它只對來世

有約束力。只要黑色還在玫瑰中堅持，

愛情就只能通過遠處的目光加以注視。

等號後面的目光，它對現存事物的看法

帶有回憶錄的夢幻性質。要是你轉身

轉得夠快，要是我用第一人稱來稱呼你：

你可以選擇被遺忘還是被記住，下來

還是高踞其上。樓梯已經折疊起來。

你可以取消你的座位，也可以讓它停在空中。

5

你試圖拯救每天的形象：你的家庭生活
將獲得一種走了樣的國際風格，一種
肥皂劇的輕鬆調子。凡是曾經出現的
都沒有被預言過。美就是對器皿
的空想，先有了一條像空氣那麼自由的裙子，
然後有一個適合它的腰。你知道色情
比溫情更能給女人帶來一種理想的美，
其中悲哀的真實成份比假設的、比你
預先想到的還多。乾枯的滿天星
落到花瓶裡，形成腰部緊束的女人，
精神陰暗的另一面。而你滿腦袋都是韻腳，
一屁股的欠債像汽水往外冒泡。

6

你談到舊日女友時引用了新近寫下的
一行讚美詩。在頭韻和腰韻之間，你假定
肉體之愛是一個敘述中套敘述的
重複過程。重複：措辭的烏托邦。

由此而來的下一個不在此時
此地，其面相帶有小地方長大的人
特有的狡猾，加快了來到大城市的步伐。
上班時你混在人群中去見頂頭上司，這表明
日出是一種集體印象，與早期教育
所培養的鄉土氣融成一片。現在沒有人
還會惦記故鄉，身在何處有什麼關係？
飄忽不定的心情，碰巧你是傷感的。

7

為什麼總是那麼好，為什麼不能
次一些？約會時你到得比上班還晚。
一隻腳緊緊踩住加速器，另一隻腳
踩在剎車上面。不要向身後回望，
中午的速食退出視野後會變得廣闊起來，
就像暴風雨變成某種性格，在一幅油畫中
從推窗可見的田園景色分離出來。
實際上你不可能從舊時代和新生活
去赴同一頓晚餐，幸福
有兩種結局，它們都是平庸的。

如果你來晚了就總是來得太晚，

如果來得早了一點，約會就將取消。

8

起初你要什麼，主人就在杯子裡

給你斟滿什麼。現在杯子裡是什麼

你就得喝什麼。下一個輪到你去白淨的

洗手間，把想要嘔吐的全部嘔吐出來。

這頓午餐在本質上是黑夜。要是它的真實性

再減少一些，看上去就會像催眠似地

讓人著迷。從中裂開的幽暗酒吧，

對於一把餐刀是開心果，但如果使用的

是筷子，僅有的飢餓將傾向於放棄肉體。

食譜裡的花朵，是否能夠借助光線的變化

顯示被風刮過，或是被刀子紮過的

不同黑暗？儘管觸及黑暗的花梗已經折斷。

9

起伏的蛇腰穿過兩端，其長度
可以任意延長，只要事物的短暫性
還在起作用。犯人在被抓住之後
才有面孔，然而本來就不那麼肯定的證據
否定不了什麼，也不可能被否定。
辯護詞是從另一樁案子摘抄下來的，
其要點寫進了教科書。從前的進修生
搖身變成法官，他的外省口音
聽上去帶有大蒜發芽的味道，使兩個
彼此接近的事實變得必須單獨面對。
法律從嗓子沙啞的遺產糾紛中取消了
抑揚格，把它轉變成一道空想的象棋難題。

10

這個國家只有一個視窗出售車票。火車
就要進站了。你想像自己在空中居住，
有一個偶然想到的位址，和一個
天文數字構成的電話號碼。當你散步

經過保險公司，終生積蓄像搓過的耳朵
來到烈酒表面，也許它們最終將在羞澀
和屈辱的相互忘卻之間凍得通紅。硬幣
或紙幣：你不可能成為甜蜜生活的骨頭。
眼睛充滿安靜的淚水，與怒火保持恰當的
比例。河流總是在遠方。大地上的列車
按照正確的時間法則行駛，不帶抒情成分。
你知道自己不是新一代人。「忘記我在這裡。」

1993.2於成都

異鄉人的故鄉

異鄉人從剩下不多的裸體走向早晨，
這只是返回昨夜的一個穿衣過程。
當我們隔著一頓臨時想起的早餐，
看見正午的廣場沿著血壓上升，
廚房退出客廳，在鏡框後面
尋找巴羅克風格的帶紋飾的眼睛。

這是美國。平底鍋上的鱈魚以火的舌頭
分開果醬與生蔥的氣味，如果我們
已經忘記葡萄的產地。輕的
和弱的，寫下來和嘴對嘴的兩種聲音，
從聚會獲得了相似的耳朵。異鄉人消失了，
他的花崗石外貌，以及不為人知的內心。

在頭顱終將落下的地方，一個皮鞋匠
鋸掉了他的兩條腿。而一個教書人
摔碎眼鏡，燒毀畢生的教科書——
我想到皮鞋匠打開工具箱，他的眼睛
緊盯著鞋尖的一隻蝴蝶。我想到
年邁的教授懷著無望的愛面對學生。

我想到赫爾利。他在俄克拉赫馬

一間法律事務所考慮東方的古老亡靈。

大使先生：我想到惠特曼開拓精神

的神秘終止。美國人從三十年代的戒酒令

認識了中國烈酒的時間品質。肉體不存在，

我所觸及的故土圍繞單獨一個女人。

　　　　　　　　　　　1993.4.21於華盛頓

另一個夏天

遺忘：越來越甜蜜的年齡。
它的嘴唇覆蓋我的歌唱和肢體。
我已沈默。回答是翅膀，詢問
是根。逃亡者的天空和囚犯的大地。
遺忘有助於年輕一代的生長，這是一個
倒著計數、倒著吃甘蔗的
衰老過程。到處相似的甘蔗園，越是甜蜜
就越是衰老。它所保存的水份
比給予的更多。曬夠了太陽，天開始下雨。
雨傘遮住城市的樓頂晾臺。
在鄉下，一場風暴被連根拔起！

晨曦和落日，已不是最初的。
讚美的腳步像一隻偷吃蜜糖的棕熊，
把螫人的雙手隱藏在高高舉起的玫瑰花叢。
怎麼都行：可以在花瓶伸出的頸子上放棄腦袋，
也可以在裝飾化的點心裡像蜜蜂
脫掉襯衣。手拂去灰塵。
我感到一個變得乾燥的雨後的天空
碰到我的面頰，像鹽撒下
傷口一樣大小的沙漠，像回答

面對詢問，像翅膀處於根的上升之中。
夏天的看不見的供水系統，
把一隻狂飲無度的杯子放在我的手上。
我感到我的驕傲不夠用——
如果你對正在成為「是」的一切說「不」，
如果你回到最初的沉痛。

注視的、閉上的
眼睛。如此多的勸告和寬限。
但是懲罰的腳步比結局更快地來到桌面，
表明人們對世俗歡樂的嚮往
是多麼急迫：他們將固執已見。
現在只能由懲罰本身對懲罰加以阻攔。
這會帶來新的運氣。因為從未排演的
是格外涼爽的，當我們
在悶熱的午後走到樹蔭下面，
將劇情中的幾個次要角色包括進來。
而真正的頭面人物是不會露面的，
他總是在座位靠後的某個地方獨自觀看
和空想，為搬上舞臺的生活捐錢。
呆在一加一的簡單生活裡會顯得比較樂觀。

但是悲觀的抒情的肉體卻更為雄辯，

它拒絕了人類天性的引導，

長久地沉溺於對未知事物的迷戀。

回家時搭乘一輛雙輪馬車是多麼浪漫！

但也許搭計程車更為方便，其速度

符合我們對死亡的看法。永遠不會太晚，

即使一場車禍把我們堵在那裡，

即使下一次奇遇還要等上二十年。

現在缺少的只是一頓涼風習習的晚餐

和一個飛機場，上帝將神秘地降落，

而我依然不能看見

我自己。我已訂好了秋天的回程機票。

是的，怎麼都行。四十七歲的夏天

揮手招來雪花，像二十七歲那麼美，

那麼茫然，超出了我的有生之年。

1993.7.2於華盛頓

晚間新聞

這樣的獻身以後被證明是假想的。
當時卻顯示出完全不同的美，一種
貼近大地的虛無：你發現自己在其中
已經生活過一遍。哦互換的鬼魂，
為你想要告別的告別兩次吧!那些
書本中的年輕人被亞細亞修辭術
葬送了，他們並不知道一個短命天才
有著比不朽更為迫切的肉體。

飢餓是雄辯的，你是否聽到了
馬蹄形狀的血從中催促？
一場革命視普遍的飢餓為權力，
它否定了在食物中飛翔的牙齒
和時間，卻否定不了食物本身。
直到胃像常識佈滿漏洞，直到
廣場來到刺刀尖上，穿過眾人身上的
一個鬼魂：這當眾倒下的年輕風暴。

為此你戴上手套與一個影子握手，
並在晚間新聞中面對消閒的白天，
獨自承受信仰的電子碎片。一切都適合

現場直播：一場革命從北中國街頭
逆轉來到新英格蘭草地，這純粹的
中產階級的趣味，這白天看見的
月亮：一個公開流血的事實
變成隱私上升到異鄉人的天空。

技術人員在畫面清晰度與直觀印象之間
來回走動，保持了從旁觀看的
符合比例的等級意識。一開始
你就感到有什麼不對勁。青春期革命
是毀容，而回復到老年人原貌的
事後的平起平坐同樣令人悲哀。流亡生活
像隨手揭下的帽子露出四面來風中的
腦袋，歐美客廳裡的政治時尚已經變了。

那麼南中國荒涼小鎮上的強烈陽光
是否能夠擺脫內心，擺脫文明人的
旅行手冊？那兒，塞進一隻布口袋的秋天
被抖了出來，到處是飛翔的田鼠
和嬰兒。那兒罪過像婚禮一樣簡單。
人們輪流把新娘交給漂泊的地址

但並沒有交出無望的愛情。已經

無望了，為什麼還要面對面地活著？

革命走上了鄉愁，什麼也沒有觸及：

除了刺刀尖上的一隻雪梨。美國夢

圍繞一張圓桌展開它的面積，它的

墨水，債務，它的人事關係。在這裡，

在緊貼著剃刀落下的新英格蘭早晨，財富

隨辭彙量一起生長。革命帶來的

財富，遠離漢語，只能從貧窮

去加以證實。而貧窮本身是用不著證實的。

1993.10.19於華盛頓

紙幣、硬幣

1

面部處於重疊的機構，缺少官方特徵。
遠山的有力輪廓湧向一隻鼻子。畫框內
秋天以速寫筆觸展開它狂野的肺。
烏鴉墜地，像外星人的鞋子，其尺寸
適合年輕人外出：他們的全部課程
都由死者講授。誰也無法精確地描述
一個身邊的女人的細碎之美，她的住處
在書本之外。而我已走上了紙的行程。

搬來椅子卻不請朋友坐下。一種
從家族婚姻史瀰漫開來的單身樂趣
經受不住鏡子的破碎。A大調鱒魚
在刀叉上深深掙扎，我聽到人們讚美
魚刺和角閃石，我看到黃金從現款撤回。
靈魂的交易並不複雜。我起身離開餐桌。
一個教授的職位從物價上升到雙魚星座，
它是航空快件寄來的，經歷了緩慢的牙痛。

現在我知道我在官方教科書中
頭髮是灰白的。我舉手發言，但教授

還是郵寄的路上。秋天，旅途向西
帶著不同政見的波紋和刻度
在肺葉中散發，其輻射狀被內心的蜘蛛
保存下來。紙上的旅行，把貧富差異
轉變成向左旋轉的輪盤賭：有人用左手
去試右手帶來的運氣。硬幣拋向天空。

所有這此不切實際的財產最終被看作
表格裡的空想。用明月鑄造的貨幣
其能見度未經雕琢。守舊的式樣，
我從中清晰地看到了分類的痕跡，
以及二元對立的力量。這是誰的過錯：
我將使用可蘭經書上的古奧字句
去向銀行職員討公道價格，我將
在冷藏櫃裡寫作。讀者：講德語的鱒魚。

理性時代過去了。我至今沒有讀到
老年黑格爾的手稿，他是否摘下眼鏡
焚毀了畢生的圖書館？從一顆冷靜的頭腦
產生出來的狂熱頭腦是如此堅定，
當他加快思想拍賣的步伐，當他用手套

去換雙手的冰冷骨頭。而我並不相信
新世界的一致性幽靈。到處的零星材料
被處死，它們拒絕了集體主義的溫情。

有兩個腰，或者有一百萬個想法
卻聽命於一顆廣泛張貼的腦袋是懶散
和懦弱的。一段事先寫下的對話
充滿印刷錯誤。書架上的火車站
沿著老式樓梯來到天空中的旅程，我懷疑
我是從青年黑格爾搭乘的列車上醒來。
可怕的高度：那時大地上並沒有鐵軌和電梯，
不然死人中的不朽者將會上升得更快。

真正可怕的是：一個人死了還在成長。
那麼多性急的年輕人出現在他的盛名
和脫身術中，可疑的地址傳遞到我手上。
一封私人來信被予了群眾性，
但這並不意味著它是合法的，因為法律
無力維護死人中的多數人。它也不是
可讀的：我讀到的是一份心臟病歷，
卻被一個牙科醫生敲掉了牙齒。

以書本觀點看待肉體事實的多變
會從中獲得光亮。但肉體本身是多麼幽暗！
即使落日變成一筆金錢直接去痛哭。
這一切對文明的進步是一隻毫無用處的蠟燭。
當淚水像吸毒一樣上升到頭髮，當它執意
上升，而我潛心於年深日入的詩歌教義。
從卑微的世俗生活表達智慧的驕傲，
得到了時間的肯定：兩者都是骷髏的舞蹈。

2

讓阿裡可尼斷續的聲音進入秋天。
那不是電腦網格裡一隻向下移動的老鼠
或統計學的一個稻草人。分界線
像兩扇門之間的縫隙在合攏。水和霧
從遠處被照亮。磨光的片言隻語的鳥
隱身於刀刃般閃開的波浪線條中，
周圍是一些小而輕的擦痕。美貌
如果是有靈魂的，那麼，如何解釋衝動？

靈魂如果指導著誓言，這就不是她。
她受到責問的忠誠，她狼籍的貞操。
我被告知這是但又不是克瑞西達。
美並不總是道德的敵人，儘管它缺少
道德的壓迫感。現在一個邏各斯
變成兩個邏各斯，圓圈變成了橢圓，
而那適合兒童的魔法世界正在消逝。
理智丟光了，卻仍然保持騎士的體面。

法蘭西人躲進阿爾都塞的活頁腦袋
閱讀憂鬱的《資本論》。英國人為快樂
而活著，他們的皇室在長莖玫瑰上搖擺，
似乎私生活只是一種擾亂，一種從分割
得到讚美的古老等級。猶太人把專業化
看作神經的失敗，他們轉而祈求工具理性，
這同樣是危險的。在美國，財富和閒暇
患了視覺上的無口才症，風景一片寂靜。

絕頂聰明的人對於比別人聰明感到內疚。
在真相中，他們有眼睛但並不睜開，
因為他們將重新發現人類事物的烏有，

發現其他星球的水已上升到青草的覆蓋。
兩腿之間的水，有一個像嘴唇那樣縮小
像花瓣那樣飛撲的形狀。空間的輕盈
是迷人的，當我傾聽那對時間的自相纏繞
感到困惑的阿裡可尼斷續的聲音。

那濕潤的，刺耳的。手術刀像一陣風暴
從子宮刮削而過，使佈景懸浮起來
像鮭魚網一樣撒開。但這不是她的面貌，
傷心的特洛伊羅思對觀眾說。很快
他將從下一代的單一性之夢退出，
因為他們的機器面孔使獨裁者著迷。
而我從夢境看到了從前的行刑隊伍，
輪子瘋狂地轉動，但不接觸大地。

這是隨意插進對話的一個虛幻場面。
她忘記了莎士比亞的臺詞，但生活
還得繼續下去。為此她嫁給了生前
碰上的一個影子。兩個世界的泡沫
堆在頭上就像肉體之愛是死者的行為，
是悲劇的和超時間的。黃昏，花園裡，

我和她擦肩而過。在舞臺上她可能更美，
但平庸生活使她不安的美得到了休息。

在不照鏡子的面孔中月亮為誰而哭？
特洛伊羅思被捆住的舌頭會不會
從北方的雄辯地貌汲取大海的起伏，
證實克瑞西達之戀超出了鏡子的範圍？
那從牧師身份整理出來的信仰變化
像變化之前那麼可疑，不變的則被推遲，
偏離了本地人的南方口音。他們的對話
不在阿基米德點上，從來如此。

這一切意味著表演的極度殘忍。
某個暫時可以相處的聲音將留下不走，
因為最後一個裸體是憂鬱的機器人，
他的簡化型頭腦像巨大的漏斗
站在漏掉的幸福一邊。我看見水的王國
朝火星遷移。人們坐在霧和波浪上面，
總有一個位子是空著的，留給獨裁者坐。
那麼，讓阿裡可尼斷續的聲音進入秋天。

1994.5於華盛頓

哈姆雷特

在一個角色裡待久了會顯得孤立。
但這只是鬼魂，面具後面的呼吸，
對於到處傳來的掌聲他聽到的太多，
儘管越來越寧靜的天空絲毫不起波浪。

他來到舞臺當中，燈光一起亮了。
他內心的黑暗對我們始終是個謎。
衰老的人不在鏡中仍然是衰老的，
而在老人中老去的是一個多麼美的美少年！

美迫使用他為自己的孤立辯護，
尤其是那種受到器官催促的美。
緊接著美受到催促的是篡位者的步伐，
是否一個死人在我們身上踐踏他？

關於死亡，人只能試著像在夢裡一樣生活。
（如果花朵能夠試著像雪崩一樣開放。）
龐大的宮廷樂隊與迷迭香的層層葉子
纏繞在一起，歌劇的嗓子恢復了從前的厭倦。

暴風雨像漏斗和漩渦越來越小，
它的匯合點直達一個帝國的腐朽根基。

正如雙子星座的變體登上劍刃高處，
從不吹拂舞臺之外那些秋風蕭瑟的頭顱。

舞臺周圍的風景帶有純屬肉體的虛構性。
旁觀者從中獲得了無法施展的憤怒，
當一個死人中的年輕人被鞭子反過來抽打，
當他穿過血淋淋的統治變得熱淚滾滾。

而我們也將長久地，不能抑制地痛哭。
對於我們身上被突然喚起的死人的力量，
天空下面的草地是多麼寧靜，
在草地上漫步的人是多麼幸福，多麼蠢。

1994.12.8於華盛頓

去雅典的鞋子

這地方已經呆夠了。
總得去一趟雅典──
多年來，你赤腳在田野裡行走。
夢中人留下一雙去雅典的鞋子，
你卻在紐約把它脫下。

在紐約街頭你開鞋店，
販賣家鄉人懶散的手工活路，
販賣他們從動物換來的腳印，
從春天樹木砍下來的雙腿──
這一切對文明是有吸引力的。

但是尤利西斯的鞋子
未必適合你夢想中的美國，
也未必適合觀光時代的雅典之旅。
那樣的鞋子穿在腳上
未必會使文明人走向荷馬。

他們不會用砍伐的樹木行走，
也不會花錢去買死人的鞋子，
即使花掉的是死人的金錢。

一雙氣味擾人的鞋要走出多遠
才能長出適合它的雙腳？

關掉你的鞋店。請想像
巨獸穿上彬彬有禮的鞋
去赴中產階級的體面晚餐。
請想像一隻孤零零的芭蕾舞腳尖
在巨獸的不眠夜踮起。

請想像一個人失去雙腿之後
仍然在奔跑。雅典遠在千里之外。
哦孤獨的長跑者：多年來
他的假肢有力地敲打大地，
他的鞋子在深淵飛翔——

你未必希望那是雅典之旅的鞋子。

1995.2.9於華盛頓

風箏火鳥

飛起來，飛起來該多好，
但飛起來的並非都舉著杯子。

我對香檳酒到處都在相碰感到厭倦了。
這是春天，人人都在嘔吐。

是嘔吐出來的樓梯在飛翔，
是一座摩天樓從胃裡嘔吐出來。

生活的帳單隨四月的風刮了過去。
然後剃刀接著刮，五月接著刮。

是的，自由人的身體是詞語做的，
可以隨手扔進廢紙簍，

也可以和天使的身體對折起來，
獲得天上的永久地址。

鳥兒從郵差手裡遞了過來，
按照風的原樣保持在吹拂中。

無論這是朝向剪刀飛翔的鳥兒，
印刷的、沿街張貼的鳥兒；

還是鐵絲纏身的竹子的鳥兒，
被處以火刑的紙的鳥兒——

你首先是灰燼
然後仍舊是灰燼。

一根斷線，兩端都連著狂風。
救火車在大地上急馳。

但這壯烈的大火是天上的事情。
手裡的杯子高高拋起。

沒有人知道，飛翔在一人獨醒的天空，
那種迷醉，那種玉石俱焚的迷醉。

1995.2.17

感恩節

1

從火星人的窗口看不出昨夜的雪
是真的在下，還是為蜜月旅行
搭的一片紙風景。這是感恩節，
死者動身去消化不良的火星，
赴生前的火雞婚禮。相對論的時間
以冰鎮和醃製兩種速度迎風招展。

上帝是接線員，你可以從本地電話局
給外星人打電話。警車快得像劊子手
快追上子彈時轉入一個逆喻，
一切在玩具槍的射程內。車禍被小偷
偷走了輪子，但你可以用麻雀腳
捆住韻腳行走，越過稻草人的投票

直接去見彈弓王。整體不過是
用少數人的零去乘任何多數，包括
鬼魂的多數。手銬將會銬上兩次，
一次作為零，一次作為無窮多。

但雙手總是能掙脫出來：你給了死者
一個舞臺，卻讓台下的椅子空著。

本地人搬走了那些椅子。足球場
飛向按月付費的天空，沒有守門員。
多麼奇異的比賽：鳥兒碰到網
改變了飛翔的性質。魚自動躍出水面
咬住修辭的餌。你是去火星旅行，
中途停下來垂釣。哦變化的風景

從一個女兒身變出了這麼多
美人魚，卻從小不穿裙子，
寧可被穿褲子的雲遠遠看作
舞蹈的水，一種踮起足尖的凝視，
高出變對不變的理解。沒有人否定
完全地沈浸於感官之美是多麼僥倖。

因為美總是帶點孩子氣。新婚之夜
新郎裝扮成老人，真的就老了，
除非新娘從水仙花的搖曳
分離出一個皇后，或一隻金絲鳥，

兩者都帶有手工製作的不真實之美，
卻比真的還真，不受煉金術支配。

2

從帝國的時間表看不出小鎮落日
是否被睡在鬧鐘裡的加班小姐
撥慢了一小時。火星人的鞋子
商標上寫著「中國造」。瞧那雜貨老爹
他把玩具搶遞給死人伸出的手，
輪到真槍時子彈打光了。剃了陰陽頭

你才會去買帽子。這是感恩節，
海上升如蘋果樹，天空中到處是海水。
你一個猛子紮下去：這口氣要憋
就憋個夠，但不如換一口氣從鳥類
飛入沙丁魚罐頭。你可以在鱈魚身上
把自我像魚刺一樣吐出。海的肺活量

通過天線網透氣。帶插孔的處女夜
露出拇指般大小的禿頭歌王，

他用力掐住歌劇的脖子。麵包屑
撒向飢餓的廣場，錄音師從長槍
退出短槍：該怎樣說服一個刺客
去聽葛蘭・古爾德先生的左傾巴赫

而不是去聽右撇子蕭邦？如果鋼琴家
是國王，他會不會在廉價成衣店推銷
他的耳朵，那厭倦的、塞滿了象牙
和水泥的耳朵？哦親愛的，事情可笑
就可笑在連一隻餐巾紙做的狗熊
也會哭，也會道晚安和珍重。

二者之一將廣為人知：火車
有一個電動玩具的大男孩心臟，
車站卻被扔出了太空，像方法論的鞋
至今沒有落到皮鞋匠的頭上。
重要的不是誰仍然在那裡，而是
誰已經不在了。想坐下但沒有椅子。

這是感恩節。失蹤多年的新郎從火雞
變出來，但新娘嫁給了鱈魚。蠟燭

在燈火通明的水底世界用鰓呼吸，

火星人吹滅頭腦裡的微觀事物。

多年來，你獨自在地球上旅行。

沒有人問：為什麼不去火星？

1995.2.24於華盛頓

歌劇

我聽到天上的歌劇院
與各種叫法的鳥兒待在一起
耳朵被一場運動扔向街頭

從所有這些搬出歌劇院的椅子
人們聽到了天使的合唱隊
而我聽到了歌劇本身的死亡

一種多麼奇異的寂靜無聲
歌劇在每個人的身上豎起耳朵
卻不去傾聽女人的心

對於變心的女人我不是沒有準備
合唱隊就在身旁
我卻聽到遠處一隻孤獨的小號

在天使的行列中我已倦於歌唱
難以恢復的美如此倦怠
嗓子裡的野獸順從了春天

我聽到嬰孩的啼哭

被春天的合唱隊壓了下去

百獸之王在掌聲中站起

但是遠遠在傾聽的並非都有耳朵

歌劇的耳朵被捂住

捂不住的被割掉

有人把割下來的耳朵

獻給空無一人的歌劇院

椅子從舞臺升上天空

是女人的手把耳朵扭轉過來

從春天的狂熱野獸扭轉到一個嬰孩

──這是下一代的春天

1995.2.25於華盛頓

我們的睡眠，我們的飢餓

1

饗宴帶著風格的垂涎升起。
侍者們在天空中站立了一夜，
沒有梯子可以下來。
蠟燭的微弱光亮獨自攀登。
那樣一種高度顯然不適合你，
當你試著從更高的飢餓去看待幸福。
幸福只是低低吹來的晨風，
彎腰才能碰到。

2

陰影比饗宴更低地低下來
等待豹子出現。豹子的飢餓
是一種精神上的處境，
擁有家族編年史的廣闊篇幅，
但不保留咀嚼的鋸齒形痕跡，
沒有消化，沒有排泄，
表達了對食物的敬意
以及對精神潔癖的嚮往。

3

蝙蝠的出現不需要天空。
蝙蝠緊貼蝙蝠飛來——
這混血的、經過偽裝的飛行，
面目是從老鼠變來的，
但是肉體的其他部分
與我們白日所見的鳥類一致。
蝙蝠把陽光塗抹在底片上，加深
我們對睡眠和黑夜的依賴。

4

人在睡眠中發明了一些飛鳥，
一些好聽的叫聲，潔白的
鬆弛的羽毛。但它們只是
關於飛行的官方說法。
而蝙蝠沒有白天的住處，
它的天空是一個地下天空，
能見度低於一隻蠟燭。
吹滅目光，讓灰燼安靜地升起。

5

睡眠遮蔽睡眠有如蝙蝠收回翅膀。
你在某處呆著，起身離去的
是千里之外敲門的豹子，
它的飢餓是一座監獄的飢餓，
自由的門朝向武器敞開。
蝙蝠的天空在早晨消失了，
給大地留下深深刻畫的失眠症，
擦亮了黑暗深處的鑰匙。

6

你睡去時聽到了神秘的敲門聲。
是死者在敲門：他們想幹什麼呢？
在兩種真相之間沒有門可以推開。
於是你脫下鞋子與豹子交換足跡，
摘下眼鏡給近視的蝙蝠戴，
並且拿出傷感的金錢讓死者花。
你醒來時發現身上的鎖鏈
像豹子的優美條紋長進肉裡。

7

孑然一身站在大地上的人，
被天空中躺下的人重重壓著。
躺下來的身體多少有些相似，
差異性如其他動物的皮毛
在睡眠中閃耀。一條羊毛毯子
從星空滑落下來，覆蓋你的蝴蝶夢，
但夢中並沒有一張床讓你躺下。
你未必希望睡在天上。

8

多年來，你在等一頓天上的晚餐。
那些遲來的人從老式樓梯
走了上來，但沒有椅子可以坐下。
對我們是合在一起的食物，
對豹子則是單獨的。這是高貴的饗宴：
你點菜的時候用豹子的艱深語言。
如此博學的飢餓：你幾乎
感覺不到飢餓，除非給它一點獸性。

9

食物簡潔地升起。誰也不知道
你在晚餐中放了多少鹽，
這是生活本身的秘密。
為什麼人會在夜裡感到口渴？
喝光了大地的水，就喝天上的。
下了一夜的雨需要嗓子和眼睛
來保存，需要一個水龍頭來擰緊，
溫柔地、細而小地流向羞恥心。

10

水聚集在一起潑都潑不掉。
大海溢出但我們的倉庫和杯子
依然是空的。瞧這片大海，
它哪裡在乎盛水的身子是含金的
還是朽木的。不要指望無邊的幸福
能夠為你保存小一些的幸福，
像齲齒中的黑色填充物那麼小，
碰到了年深日久的痛楚。

11

牙痛的豹子：隨它怎樣去捕食吧，
它那遼闊的胃如掌聲傳開。
但這一切純屬我們頭腦裡的產物，
採取暴力的高級形式朝心靈移動，
彷彿飢餓是一門古老的技藝，
它的容貌是不起變化的
時間的容貌：食物是它的鏡子。
而我們則依賴我們的衰老活到今天。

12

蝙蝠的夜晚是被顛倒的白晝。
在那樣一種黑暗中看得很遠，
回到光芒就會悲哀地瞎掉。
光芒在蝙蝠身上已經瞎了，
它睜開人類的眼睛
看待自己，視力隱入另一類自然。
作為一隻鳥兒的老鼠在飛翔，
但老鼠天性中的鳥兒卻失去了天空。

13

如果去赴晚餐，一定是在天上。
雙手按下電鈕讓餐桌靜靜地升起，
但我們的飢餓真有那麼高嗎？
當豹子像烈酒一樣忍受著豐收
和分配，當蝙蝠在牆上變成白色。
昨夜的雨是你多年前曬過的陽光。
太陽的初次銷魂是一隻蠟燭，
照耀沒人在的臥室和廚房。

1995.3.7完稿於華盛頓

誰去誰留

黃昏，那小男孩躲在一株植物裡

偷聽昆蟲的內臟。他實際聽到的

是昆蟲以外的世界：比如，機器的內臟。

落日在男孩腳下滾動有如卡車輪子，

男孩的父親是卡車司機，

卡車卸空了

停在曠野上。

父親走到車外，被落日的一聲不吭的美驚呆了。

他掛掉響個不停的行動電話，

對男孩說：天邊滾動的萬事萬物都有嘴唇，

但它們只對物自身說話，

只在這些話上建立耳朵和詞。

男孩為否定物的耳朵而偷聽了內心的耳朵。

他實際上不在聽，

卻意外聽到了一種完全不同的聽法——

那男孩發明了自己身上的聾，

他成了飛翔的、幻想的聾子。

會不會在凡人的落日後面

另有一個眾聲喧嘩的神跡世界？

會不會另有一個人在聽，另有一個落日

在沉落？

哦踉蹌的天空

大地因沒人接聽的電話而異常安靜。

機器和昆蟲彼此沒聽見心跳，

植物也已連根拔起。

那小男孩的聲變成了夢境，秩序，鄉音。

卡車開不動了

父親在埋頭修理。

而母親懷抱落日睡了一會，只是一會，

不知天之將黑，不知老之將至。

1997.4.12於斯圖加特

時裝街

從雜誌封面看不出模特的腿
是染上香港腳的木頭呢還是印度香
在旅途中形成的倫敦霧。海關在考慮美。
官員摘下豹紋滾邊的墨鏡：怎麼連烏托邦
也是二手的？撕去封面後，模特的腿
還在原來那兒站著沒動，只是兩條
換成了四條。跛，在某處追上了跑。
那快嘴叫了輛三輪去逛時裝街，
哦一氣呵成的人稱變化，滿世界的新女性
新就新在男性化。穿得發了白的黑夜
在樣樣事情上留有繡花針。你迷戀針腳呢
還是韻腳？蜀繡，還是湘繡？閒暇
並非處處追憶著閒筆。關於江南之戀
有回文般的伏筆在薊北等你：分明是桃花
卻裡外藏有梅花針法。會不會抽去線頭
整件單衣就變成了公主的雲，往下拋繡球？
雲的褲子是棉花地裡種出來的，轉眼
被剪刀剪成雨：沒拉鏈能拉緊的牛仔雨，
下著下著就曬乾了，省了買熨斗的錢。
用來買鴨舌帽嗎？帽子能換個頭戴，
路，也可以掉過頭來走：清朝和後現代

只隔一條街。華爾街不就是秀水街嗎？

秧歌一路扭了過來。奇遇介乎唭其布

和石磨蘭之間，只能用一種水洗過的語言

去講述，一種曬夠了太陽的語言。

但絲綢的內衣卻說著從沒縮過水的

吳儂軟語——手紡的，又短了兩寸的風

一寸一寸在吹：沒女人能這般女人。

禮貌剛好遮住了膝蓋，不過裙擺

卻脫了線，會不會是縫紉機踩得太快？

你簡直就不敢用那肺病般的甩乾機

去甩你的濕襯衣。皺巴巴的天空

像是池塘裡撈起來似的晾在那裡，

晾乾之後，疊起來放成一疊。

沒有天空能高過鞋帶，除非那鞋

繫不緊鞋帶，露出各種腳趾的手電筒光。

難怪出過國的小女人把馬蹄鐵

往腳後跟釘。在內地，她們嫌衛生髒，

手洗過的衣裳，又用洗衣機重新洗。

但月光是肥皂洗出來的嗎？要是衣裳

是牛奶和紙做的衣裳，哦要是

女人們想穿但必須洗一遍才穿。

請准許美直接變成紙漿。是風格
登臺表演的時候了，你得選擇說「再見」
還是說「不」。美貌在何種程度上是美德，
又在怎樣的叫好聲中准許壞？沒有美
能夠剩下美。因為時間以子彈的精確度
設計了時尚，而空間是純粹的提問，被
扳機慢慢地向後扣。美留有一個括弧，
包括好奇心，包括被瞄準的在或不在，
全都圍繞神秘的「第一次」舞蹈起來。
而那也就是最後一次。想想美也會衰老
也會胃痛般彎下身子。夜晚你吃驚地看到
蠟燭的被吹滅的衣裳穿在月光女士身上
像飛蛾一樣看不見。穿，比不穿還要少。
是不是男人們樂於看到那脫得精光的
教條的裸體？而毫不動心的專業攝影師
借助性的衝突，使一個冒名和替身的世界
像對焦距一樣變得清晰起來。但究竟是
看見什麼拍下什麼，不是拍下什麼
他才看到什麼：比如，那假鈔，那鑰匙？
突然海關就放行了。哦如果
港臺人的義大利是仿造的，就去試試

革命黨人的巴黎。瞧，那意識形態的
皮爾卡丹先生走來了，以物質
起了波浪的跨國步伐，穿著船形領
或V字領的T恤衫。瞧那老派
殖民主義的全副武裝，留夠了清白
和體面，塗黑了天使，開口就講黑話。
那敵我不分的黑，那男女同體的黑，
沒有一個人能單獨曬得那麼黑。
太陽呆著像個啞巴。

1997.5.3於斯圖加特

畢卡索畫牛

接下來的兩個星期畢卡索在畫牛。
那牛身上似乎有一種越畫得多
也就越少的古怪現象。
「少」藝術家問，「能變成多嗎？」
「一點不錯，」畢卡索回答說。
批評家等著看畫家的多。

但那牛每天看上去都更加稀少。
先是蹄子不見了，跟著牛角沒了，
然後牛皮像視網膜一樣脫落，
露出空白之間的一些接榫。
「少，要少到什麼地步才會多起來？」
「那要看你給多起什麼名字。」

批評家感到迷惑。
「是不是你在牛身上拷打一種品質，
讓地中海的風把肉體刮得零零落落？」
「不單是風在刮，瞧對面街角
那間肉鋪子，花枝招展的女士們，
每天都從那兒割走幾磅牛肉。」

「從牛身上，還是從你的畫布上割？」
「那得看你用什麼刀子。」
「是否美學和生活的倫理學在較量？」
「挨了那麼多刀，哪來的力氣。」
「有什麼東西被剩下了？」
「不，精神從不剩下。讚美浪費吧。」

「你的牛對世界是一道減法嗎？」
「為什麼不是加法？我想那肉店老闆
正在演算金錢。」第二天老闆的妻子
帶著畢生積蓄來買畢卡索畫的牛。
但她看到的只是幾根簡單的線條。
「牛在哪兒呢？」她感到受了冒犯。

1998.9.17於北京

一分鐘，天人老矣

一分鐘後，自行車老了。

你以為穿褲子的雲騎車比步行快些嗎？

你以為穿裙子的雨是一個中學教員嗎？

一分鐘，能念完小學就夠了。

一分鐘北大，念了兩分鐘小學。

一分鐘英文課，講了兩分鐘漢語。

一分鐘當代史，兩分鐘在古代。

半封建的一分鐘。半殖民的一分鐘。孔仲尼

或社會主義的一分鐘。

一分鐘，夠你念完博士嗎？

一小時，一學期，一年或一百年

都在這一分鐘裡。

即使是努力士金表也不能使這一分鐘片刻停頓。

春的一分鐘，上了發條就是秋天了。

要是思春的國學教授不戴瑞士表

戴國產表會不會神遊太虛？

一分鐘後，計程車老了。

公交車的一分鐘，半分鐘堵了一千年。

北京市的一分鐘，半分鐘在昌平縣。

美國夢的一分鐘，半分鐘是中國造。

全球通的一分鐘，半分鐘就掛斷了。

這喂的一分鐘，HELLO的一分鐘。

宇宙

在註冊過的蘋果裡變小了，變甜了。

咬了一口的蘋果，符合

本地人對全球化的看法。就這一點點甜，

蘋果番茄在裡面，印度咖哩，義大利乳酪

全在裡面了。

貝克漢姆也在裡面。

一分鐘辣妹，甜了半分鐘。

一分鐘快感，慢了半分鐘。

一分鐘OK，卡拉了半分鐘。

一分鐘，歌都老了，不唱也罷。

但是從沒唱過的歌怎麼也老了？

叫我拿那些來不及卡拉

就已經OK的異鄉人怎麼辦呢？

過了一分鐘，火車老了。

又過了一分鐘，航空班機也老了。

你以為一分鐘的烤雞翅

能使啃過的事物全都飛起嗎？

一分鐘，用來愛一個女人不夠，

愛兩個或更多的女人卻足夠了。

一分鐘落日，多出一分鐘晨曦。

一分鐘今生，欠下一分鐘來世。

一分鐘，天人老矣。

2005.1.7於北京

女兒初學鋼琴：莫札特彈，鍾子期聽

琴的水一滴成了兩滴。

琴的笛子一吹如雪，再吹頓時空心。

琴的空近乎一個實證，空的掌聲四起，空的聽。

詞和天眼的聲音在石頭裡歈開了。

琴的小小蓮心也開在裡面。

空，向外溢出，

空的鎖，打開還是沒聲音。

但只要你在聽，你就是這聲音。

琴師在彈奏，但沒有琴，琴房是空的。

琴童走在琴的蓮步輕移上。腳下是

靜如深海的天外天。宇宙

越彈越小，

這莫札特的小。

你也還小，三歲，不知鄉關何處。

琴聲添愁。

要麼那琴童是莫札特，身在春秋，

踮起腳

眺望千年後的對位法星空。

要麼電視開著，聽者子期遞過一個訓詁，一個
半音的上層建築。琴師恍若幻影，
分出肉身給琴童的五蘊真身。

三歲的女兒未免迷惑。子期
與她身上的莫札特互換了名字，年代，電話號碼，
以及蟬蛻丹青之身。女兒與他們
互道晚安。
整個世界安靜了下來。

聽女兒彈琴吧。
關掉手機，電視，把椅子搬到天上，
和雲中鶴一起向晚而坐。
十年後
一場音樂會斂翅降落——
莫札特彈，鍾子期聽。
會不會鋼琴裡多出了一具箜篌？

2005.1.25於北京

舒伯特

三千里浮花開在靜謐如深海的肉身
落花裡面的開花之輕，之痛
在玉的深處如瓷器般易碎

坐在銅和碎銀子的光學信號裡聽佛身上的一場雪
佛懷抱裡的灰塵安頓下來
詞的初月尚未長出鐵銹
夜色像剛剛擠過的檸檬一樣發澀

而我們坐在一杯檸檬水裡聽舒伯特
坐在來世那麼遠的月色裡聽佛的咳嗽聲
以為這就是現世
的至福

並且我們從舒伯特和佛的相對無言
聽到了砧板上剁肉餡的聲音
以為吃剩的餃子像嬰兒一樣會哭
即使是佛的心腸也不忍打擾這哭聲
即使我們給了這些哭聲一個不開花的開關

當落花的泛音從無氧銅泛起
當音樂會的固定座位被塞進一隻手提箱
佛身上的他鄉人
一起動了歸心
鶴，止步於那些胎兒萌動的女人

坐在古代的子宮暗處
坐在底片那麼黑的靜謐裡
一個拉大提琴的統治者和一個不拉的
其中一個仁慈些嗎？

請允許我在不是我的那個人身上聽舒伯特
從人體炸彈的恐懼深處聽舒伯特
帶著負罪感聽舒伯特
唸著孔子曰聽舒伯特

請允許我從鋼琴取出一具箜篌
從佛的真身取出一個虛無
聽一個從未誕生的胎兒
彈奏他的父親
聽一百年前的獨裁者彈奏前世今生

一個孤魂演奏的舒伯特

會是什麼樣子？

十分鐘的孤獨，他會彈上一百年嗎？

要是我們從來就沒有聽過舒伯特呢？

2007.2.7

在VERMONT過53歲生日

1.

等待一生的八月，九月之後才到來。
先秦的月亮，在弗爾蒙特升起。
一個退思，在光的星期五移動。
莊子朝我走來，
以離我而去的腳步。
雲移的腳步，花開的腳步，郵政系統的腳步。

2.

一封春秋來信，
至今沒有投遞到我的手上。
郵差在天空中飛來飛去。
地球那邊，你在讀信。
還沒寫的信，你已經讀到了我。
一封我拆開了兩次的信，你一次也沒寄出。
一些預先開花的，將要破土的，空的聲音。

3.

電話裡傳來落花般的女高音。

那是你麼，把花開到燈裡去的聲音？

打給HELLO的電話，接聽的是一個喂。

喂的外面，中餐館人聲鼎沸，

一群食客餓壞了，但廚師是畫師，

他將牛排畫成水墨，端給看客吃。

一頭觀念的牛比真的更值錢嗎？

剛斷奶的單身母親，把馬克思

像奶嘴一樣塞進嬰兒嘴裡，

阻止牛奶發出無產者的尖叫聲。

而銀行家用頭腦裡的提款機

一夜之間，提空了內心。

4.

在金錢的聲音被掛斷之後，

詩的聲音是什麼？

一隻神秘的手按下免提鍵。

現在，手機是廣播，

全世界都在聽這個聲音。

李爾王能聽到他的莎士比亞嗎？

薩福的月亮，能從李白的月亮

聽到莊子化蝶的風吹雪嗎？

我能聽到另一個我嗎？

但在你的鈴聲響起之前，

只有無止境的，宇宙洪荒般的寂靜。

5.

可以用生日蠟燭點燃一個無我。

可以把明信片上的紙火焰

從古中國快遞到黃昏的弗爾蒙特。

可以借蝴蝶夜的灰塵，輕盈一吹。

可以吹滅我的心。

心那麼易碎，那麼澎湃，可以和宇宙

構成一個尖銳，

一個小，無限大的極小。

一個53年的十億光年。

6.

如果只有一個過去，我就是這個過去。
如果我的現在有五百個過去，
那麼一個現在我都沒有。
你呢，你有第二個現在嗎？
或許，你在你不在的地方，而我不是
我是的人。我有兩個舊我，其中一個
剛剛新生：一個53歲的
吾喪我。

7.

一條魚躺在晚餐的盤子裡，
被刀切過，被爐火烤過。
這是一個發生。
同一條魚從河裡游到電腦介面，
以超現實的目光看著我。
這也是一個發生。
人可以演奏魚的音樂麼，
從物種的同一性演奏出一個悖反？

比如，將盤子裡的魚演奏成廚師，
將水中魚演奏成一個哲學家。
但是莊子在演奏更神秘的生命，
一條烤熟的魚，在天空中游動起來。

8.

宇宙是科學老人的玩具。
孩子們站在地球儀上要糖吃。
一個夢的工程師，轉動這只地球儀，
並將烏托邦轉手給天邊外的鶴。
一隻鶴，即使是紙的，也在天空中飛，
即使看起來像工程吊臂，也在舞蹈，
用足尖踮起心之鶴形。
莊子騁懷縱目，以鶴作為引導。
而你將鶴止步放進萬馬齊奔，
並以水仙般的鶴立，支起一個夢工地。

9.

人置身於桃花源，桃花就凋落了。
擁有太多末日和誕生，時間就消失了。
痛，也消失了。一隻電鑽
在大地的齲齒上鑽洞。
神經末梢的聽覺之痛，將牙科診所
安放在地球的寂靜深處。
每天，鑽頭，在痛的深處加深幾毫米。
要是再深一些，人心，就能深及地心，
噴泉般，噴湧出一個璀璨的地下天空，
一株天體物理的火樹銀花。

10.

莊子的鬍鬚在秋風中飄動。
這只是史蒂文斯頭腦裡的一個幻象。
我遞過一個電動剃鬚刀。
現在，我們三個人的三個下巴
有了同一顆電池的心：時間轉動，
反時間也在轉動。莊子的月亮

被退回先秦。我每天使用剃鬚刀。
古代是我的現代，而我只是一個仿古。

11.

駐足於隔世的月光，我等待你的足音，
等待一個剎那溢出終極性。
我真的到過弗爾蒙特嗎？
一米之遙，人已在千里外的異鄉。
夜空中，我看不見一棵松樹，
但松果漫天掉落。生命
也這樣掉落，像一隻中國古甕。
空，落地，我俯身拾起無限多的空。
每一片具體的碎片裡，都有一個抽象。
詞和肉體，已逝和重現，拼湊
並黏連起來，形成一個透徹。
世界回復最初的脆弱
和圓滿，今夜深夢無痕。
但古甕將又一次摔落。

2009，9，18，弗爾蒙特

母親，廚房

在萬古與一瞬之間，出現了開合與渺茫。
在開合之際，出現了一道門縫。
門後面，被推開的是海闊天空。

沒有手，只有推的動作。

被推開的是大地的一個廚房。
菜刀起落處，雲卷雲舒。
光速般合攏的生死
被切成星球的兩半，慢的兩半。

蘿蔔也切成了兩半。
在廚房，母親切了悠悠一生，
一盤涼拌三絲，切得千山萬水，
一條魚，切成逃離刀刃的樣子，
端上餐桌還不肯離開池塘。

暑天的豆腐，被切出了雪意。
土豆聽見了洋蔥的刀法
和對位法，一種如花吐瓣的剝落，
一種時間內部的物我兩空。
去留之間，刀起刀落。

但母親手上並沒有拿刀。

天使們遞到母親手上的
不是刀，是幾片落葉。
醫生拿著聽診器在聽秋風。
深海裡的秋刀魚
越過刀鋒，朝星空遊去。
如今晚餐在天上，
整個菜市場被塞進冰箱，
而母親，已無力打開冷時間。

2009，11，10，紐約

癢的平均律

癢沒有波浪但到處都在湧起。

癢，它的大海，它的針尖。

癢從海鮮提煉出幾隻長腿蚊，

那種被烈日暴曬的刺繡

和探戈。

我沒想到癢會帶著人的氣味

與動物悄悄接觸。

癢的刺，是鹽和雪，但甜如夏夜。

癢的蜂蜜，再痛一點就是女王。

癢的水果，能為青春儲存水份，

但自身卻是一個枯萎。

癢之難忍啊，一部分來自聖詩，

一部分是純動作，在唇齒間施展花拳

繡腿。

癢沒有手指，但渾身在抓撓。

癢沒有嘴唇，但內部在咬噬。

被咬的空無，總是咬兩次，

一次被火焰所咬，一次被冰。

癢的遼闊

是用微觀事物咬出來的。

我沒想到小人國的牙齒

能從君王血統

咬出戰爭般的奴隸的絢爛。

奴兒身的梨花，也被咬成桃花，

這殖民政策的血疑和破綻。

還有那些丁香，癢不癢都開，

那些水仙，開不開都是癢的。

癢鮮豔如許，這憂鬱的，熱病的

生命之旅啊。

癢了七年，時間已經不癢了，

稅務官把妻子的報稅單一撕兩半，

外交官常年待在外省，統治鄉愁和蚊子。

內閣的癢和鄉政府的癢，區別何在？

癢都癢到天上去了，沒有必要

深耕大地。

但豐收之癢已深深抵達歉收。

人啊，把癢的種子從肉身取出來，

放到頭腦裡去，放到雲深處。

我沒想到癢是那麼激動，

愛欲的奔馬，踏著癢，絕塵而去。

一點血紅，竟如此山青水綠。

癢的花樣年華，只為異鄉人

綻放，

似乎本地的癢之花不值得一開。

癢的燈，不是遙控器能關掉的，

因為癢的黑暗，是太初的黑暗。

癢的鎖心，壞了，誰也打不開它。

癢膩透了笑的人生，但又不會哭，

只好坐到笑的深處去坐隱，

去安頓肉身世界的神經兮兮。

癢的過錯啊

請不要理會哲學的糾正。

為癢做意識形態的切除術？

讓哈姆雷特主刀？他自己也癢呢。

蚊子大人，這嘉年華的吸血鬼，

咬了莎士比亞一口，又去咬孔夫子。

癢過留痕：這帶刺的思想，

這鄉音和古訓的遺留物。

真正猛烈的不是癢的疾風驟雨，

而是

隨之而來的無聲無息。

癢是聽不見的，除非亡靈也在聽。

癢：它的合唱，它的伴唱，

以及它月光般的沈默。

癢的太陽，從植物根部升了上來，

帶著火箭的燃料和灰燼，

帶著男低音的幽暗胸腔。

但在追光下，癢是一個小女孩，

在跳舞。

她踮起足尖，增高了癢的海拔，

又踮起高跟鞋，但還是夠不著花露水。

怕癢的藥劑師發明瞭花露水，

卻發現自己再也癢不起來。

癢的影子，比抓癢的真身更懂癢。

要是女兒無法止癢，就讓母親更癢。

癢以為

史料被咬出了奇香，咬出了玉。

但被咬的不是你的今生，

是你的古代，是比童話還小的你。

癢就像公主與王子相對而癢，

兩個癢在時間之外對秒，也不知

今夕何年。

昨夜，你半夜被咬醒，

伸手就是啪的一下，也不問

那是今夜的，還是來世的癢。

今夜和來世，像兩個巴掌拍在一起。

我沒想到癢會幽靈般逃走，但又

留在人體內。

癢的流星雨，像箭矢，漫天射落。

我們坐在癢的酒吧，聽雨，聽巴洛克。

巴赫坐在星空中，彈奏管風琴之癢。

但今夜癢怎麼聽都欠缺肉體感，

因為調音師不知道什麼是癢。

2009，12，28，紐約

夢見老虎

女人像貓一樣有九條命

其中一條給了老虎

她們被老虎身上的總括力

迷住了

把家搬到叢林深處

把床挪到睡眠之外

把浴盆放在枯山水之間

夜裡　　她們躺在星空下

直接夢見老虎

要是老虎

因為被夢見而奔跑起來

美洲會小得像狄斯奈樂園

而少了一條命的貓

以波斯的一票　　否決了叢林法則

似乎老虎的命是從亞洲撿來的

死了九次　　還活得像是

第一次

普拉斯用貓的九條命

去換武松身上的活老虎

但那不過是

一隻活生生的

死老虎

死亡剩下的東西

把老虎的命縮小得像貓

而被貓吃剩的東西

從近東　被扔到遠東

裁縫取走了虎皮

郎中取走了虎骨

強盜取走了虎膽

官吏取走了虎牙

（為了更深地咬住這個世界

的咽喉）

大地上最後一個男人

已沒有一絲老虎的氣息

他們嗓子裡的虎嘯

被瀝青和蟋蟀聲蓋過

而老虎本人

聳了聳戰爭的肩膀

在和平條約裡簽上貓的名字

然後去打高爾夫　去吸毒　去上網

去為虛無建立一個跨國公司

多好的命名

雅虎　布老虎　跳跳虎

連女人也認可它的雅皮

和禮貌

要想君王般談論老虎變得困難了

所以你們奴隸般談論它

寵物般　給瓷器上釉般

談論一隻非老虎

彷彿它從未在非洲原野上

狂奔過

彷彿狂奔之虎純屬謠傳

它的前爪正伸進一雙耐克鞋

它的骨節變成了軸承

它的內臟嵌入一個吸塵器

像玲瓏漏空的美國夢

而它的傷口

如樹枝上的櫻桃　新鮮動人

（再給它幾天加州的太陽吧）

當萬箭穿心的老虎世界

像貓背一樣弓起

女人心

安靜得有些異樣

大地上最後一隻貓咪

在老虎的天鵝絨懷抱中

躺下

老虎身體裡的古玉

使女士們　動了冰雪心

她們的兒子照貓的樣子畫虎

她們的丈夫在馬背上騎虎

她們的父親用天狼星射虎

而她們自己

因老虎的出現而窒息

感到幸福正慢慢圍攏　慢慢坍塌

像危險一樣

但在危險和坍塌的最高處

老虎已消失不見

大地上最後一隻老虎啊

是假新聞和老照片合成的

它已不再吃人　不再被夢見

而人們也已忘記對它說聲

謝謝

2010.1.23，紐約

萬古銷愁

那把猖狂放到隱忍和克服裡去的是什麼？

那洞悉真理卻躲在偽善後面的，是什麼？

那見懸崖就縱身一跳，見眼睛就閉上的，是什麼？

那因流逝而成為水的，那總是在別處，咫尺之近

但千里遠的，究竟是什麼？

與你相遇的不是我，也不是非我。

對一秒鐘的萬古說去吧，離我而去吧。

對最後一絲憤怒說平靜下來吧。

對機器哈姆雷特說活過來，和人互換生死吧。

對一夫一妻制說請用陰唇歌唱嘴唇。

對獨裁者說奴役我吧但請先學會拉巴赫，

用大提琴拉。

對中產階級說聽巴羅克還是爵士樂悉聽尊便。

對資產階級說請閉上眼睛聽鋼琴。

對自由說親愛的我拿你往哪兒擱呢？

對牙科醫生說痛的不是牙齒，是心。

對殺人犯說殺了我吧，連同反我，連同我身上的死

人和上帝

一起殺。

見刀子就戳，見夢就做，見錢就花。

花紅也好，花白也好，都是花旗銀行的顏色。

見花你就開吧。花非花也開。

而花心深處，但見花臉，花腔，不見一縷花魂。

見杯子就兩兩相碰吧。空對空也碰。

一碰就碎

你也碰。

酒不必釀造。糧食不必豐收。文章不必寫。

官呢，官也不必做嗎？

見女兒你就生吧。用水，用古玉和子宮生。

一個子宮不夠，就用五個子宮生。

母親不夠生，就用奶奶外婆生。

女人不夠生，就讓男人一起生。

想叫你就叫出來吧，人的肺腑叫沒了，就把狼群掏

出來叫。

痛不夠叫，就用止痛片叫。

扔掉助產士，扔掉產房，要生就生在曠野上。

但那用房子造出來，而不是子宮生的，是誰的嬰兒？

誰把她建造得像摩天大樓？

是用一萬年乘一次電梯，還是讓十分鐘的雪下一萬年？

下雪時，你不在雪中，但雪意會神秘地抵達，像黑

暗一樣。

把手伸進陽光，你會觸碰到這黑暗，這雪，

這太息般的寒冷啊。

十分鐘的古往今來。

這樣的萬古銷愁，是你要的嗎？

2010.1.27，紐約

茶事 2011

光，縮了縮水：雲的袖子短了。
這山高水遠的綠袖子呵，
所有在舌尖上變得嫩綠的物種，
都被小女子的手搓揉過。
滿山捲舌音，捲起幾片樹葉，
在水中，片面張開自己。
底片，已沖洗不出照片。
山河舊了，一碰水又甜了，
甜得有點苦。
水的天，倒插在光的萬花筒。
窗景，郵政般融入暮色，但終未
投遞到星空。
真靜呵，連心動和灰塵
都嫌擾亂。
雲的五官，以刻刀的刀法看，像水，
被乾旱保存在雪山之巔，
但幾縷陽光，就曬得肉身全無。
掉下些時光碎片，其中一片
是穀雨。
隔夜的消息，被用來打聽隔世。
袋泡茶，從星際旅行箱扔了出來，

但還是有人偷偷溜出時間，

在陸羽身邊落座，把茶經

講給新聞主播聽。

福建人從各省的拆遷戶

弄來幾把老椅子，往北京一擱。

幾個老字型大小，把牌匾掛在修遠處。

茶，是萬古事，能在星巴克喝麼。

近乎可恥地心有所動，

並且，骯髒地闖進光的摟抱。

曬夠了太陽，天開始下雨。

起初沏茶的水就足夠下，

但越下越大，

鄱陽湖和太湖開始漏水。

添磚加瓦的水，只有葛洲壩在漲。

而蒸餾水在小女孩眼裡閃動，

像燈籠提在手上。

如此憂鬱的茉莉花氣息呵，

把杯子裡的魚群吹得高出海水。

如果鑲了邊的落葉既非魚唇，

也非雀舌，坐在水上的聲音

也許是竹子。

就這麼從武夷山到秦淮河

移步換景，青山綠水喝下來，

即使春風萬般吹也是一葉知秋，

即使西子湖被喝得空杯見底，

也得把三峽的水吐出來，

因為諸神渴了，土地也大片大片

龜裂。

這茶，得和咖啡換一換水喝。

因為在龜的背上，水慢慢變硬，

慢慢變成固體，變成易燃物。

網，慢慢收攏，慢慢提上水面。

射手座

出水即成弓狀，

但無人知道挽弓手何在。

而烤熟的魚待在盤子裡

就像待在水裡一樣是活的，

它不怕火，因為燒過的陶瓷

有成千的隔火層。

茶師傅在一個人身上

對飲成兩個人，一死一生。

也不問誰去了，誰還坐在那兒

以雲的樣子喝功夫茶。

但怎麼喝都像是蓋碗茶。

入口處，懸擱著一個不眠。

水洗去時間的味道，

褪盡火氣和地氣。

等了上百年，茶才沏好，

卻未必會去山頂喝。

2011，7，11，紐約

龍年歲首

越女收龍眼，蠻兒拾象牙。

長安千萬里，走馬送誰家？

　　　　　　——（唐）殷堯潘

蠻兒從象牙身上摘下幾顆龍眼，

剝開其中一顆，然後說，大人，

請從貓眼去看身外的世界，

看準了這張敲上門來的鼠臉。

那沒準是個越女，假扮成具象，

抖落一身輕的錦灰堆，

欠下一個象外。蠻兒

又剝了一顆龍眼，發現躲著個倥傯。

哦，萬象懷裡的龍胎之空，

把現世報看得那麼空透，

十月懷胎，九個月是空的。

而另一顆曬成臘肉的龍眼裡，

有個托夢的影子，變人剛變了一半

被剝去夢的手足，只好變回原形，

把天鵝絨革命的小羊爪子

縮回到軍火般的龍爪。

龍鬚和鼠眉，一臉的山河還在。

也好，大人退位前，從知識考古學

考出些龍馬碎片，用來蓋民宅。

剛蓋出一大片勾心鬥角，

轉念又要拆遷，又怕動了龍脈。

不如把龍子龍孫塞進筒子樓，

把小龍女嫁給稅務員。但這行嗎？

欠多少稅你也欠不起一個象外，

因為暗喻溢出象外，儘是命抵命。

況且兩歲大的太子黨，轉喻登了基。

剩下那顆龍眼，蠻兒不敢再剝，

他對大人說：瞧，裡面有個龍種。

龍眼，這顆多汁的心眼，這枚明月當空，

拿來安裝在轉世者的宇宙觀上

正合適。這時空之旅的輪回之圓，

任由發條擰緊。但線民卻反著擰，

用鄉政府擰緊國務院。從山海經

到生意經，從沿街報亭到新華社，

還有哪一個古代不是順時針。

那蠻兒，拆開萬古一看，

讀秒的龍蝦竟是鮮活的，

像一截人造時間，內臟完好無損。

而一個穿越的橋段突然變得哥特，

古怪的尖頂屋，像導彈對準太空。
潛龍變蛇，變出淒美的青蛇白蛇，
在京官脖子上纏繞又纏繞，
把地方貪官捆成一捆，往民怨一掛。
蠻兒用紅歌嗓子換了付青衣腔，
古話今說：大人，飛龍在天，
但這些鮮嫩如初的盛唐龍眼，
該怎樣快遞到分銷商手上？
春秋來信，被點進垃圾郵件。
站在龍年歲首的摩天樓頂
極目四望，沒人能望見古長安。
君不見春運火車，進站已是暮秋。
京城和邊塞，隔了千山萬水，
馬，以人頭提著馬頭在奔跑。
快馬加鞭，把提速的火車跑斷了氣，
這具斗換星移的快馬呵。
騎手，並不在意身在何處，
也不在意自己是活的，還是一個幽靈。
更多的人坐在幽靈火車上，往前開。
蠻兒擠在裡面，不給大人讓座。

2012，1，15，北京

鳳
凰

1.

給從未起飛的飛翔

搭一片天外天，

在天地之間，搭一個工作的腳手架。

神的工作與人類相同，

都是在荒涼的地方種一些樹，

炎熱時，走到濃蔭樹下。

樹上的果實喝過奶，但它們

更想喝冰鎮的可樂，

因為易開罐的甜是一個觀念化。

鳥兒銜螢火蟲飛入果實，

水的燈籠，在夕照中懸掛。

但眾樹消失了：水泥的世界，拔地而起。

人不會飛，卻把房子蓋到天空中，

給鳥的生態添一堆磚瓦。

然後，從思想的原材料

取出字和肉身，

百煉之後，鋼鐵變得嫋娜。

黃金和廢棄物一起飛翔。

鳥兒以工業的體量感

跨國越界，立人心為司法。
人寫下自己：鳳為撇，凰為捺。

2.

人類並非鳥類，但怎能制止
高高飛起的激動？想飛，就用蠟
封住聽覺，用水泥塗抹視覺，
用鋼釺往心的疼痛上扎。
耳朵聾掉，眼睛瞎掉，心跳停止。
勞動被詞的膂力舉起，又放下。
一種叫做鳳凰的現實，
飛，或不飛，兩者都是手工的，
它的真身越是真的，越像一個造假。
鳳凰飛起來，茫然不知，此身何身，
這人鳥同體，這天外客，這平仄的裝甲。
這顆飛翔的寸心啊，
被犧牲獻出，被麥粒灑下，
被紀念碑的尺度所放大。
然而，生活保持原大。
為詞造一座銀行吧，

並且，批准事物的夢幻性透支，
直到飛翔本身
成為天空的抵押。

3.

身輕如雪的心之重負啊，
將大面積的資本化解於無形。
時間的白色，片片飛起，
並且，在金錢中慢慢積蓄自己，
慢慢花光自己。而急迫的年輕人
慢慢從叛逆者變成順民。
慢慢地，把窮途像梯子一樣豎起，
慢慢地，登上老年人的日落和天聽。
中間途經大片大片的拆遷，
夜空般的工地上，閃爍著一些眼睛。

4.

那些夜裡歸來的民工，
倒在單據和車票上，沉沉睡去。

造房者和居住者，彼此沒有看見。

地產商站在星空深處，把星星

像煙頭一樣掐滅。他們用吸星大法

把地火點燃的煙花盛世

吸進肺腑，然後，優雅地吐出印花稅。

金融的面孔像雪一樣落下，

雪踩上去就像人臉在陽光中

漸漸融化，漸漸形成鳥跡。

建築師以鳥爪躡足而行，

因為偷樓的小偷

留下基建，卻偷走了它的設計。

資本的天體，器皿般易碎，

有人卻為易碎性造了一個工程，

給它砌青磚，澆鑄混凝土，

夯實內部的層疊，嵌入鋼筋，

支起一個雪崩般的鏤空。

5.

得給消費時代的CBD景觀

搭建一個古甕般的思想廢墟，

因為神跡近在身邊，但又遙不可及。
得給人與神的相遇，搭建一個
人之境，得把人的目力所及
放到鳳凰的眼瞳裡去，
因為整個天空都是淚水。
得給「我是誰」
搭建一個問詢處，因為大我
已經被小我丟失了。
得給天問，搭建鷹的獨語，
得將意義的血肉之軀
搭建在大理石的永恆之上，
因為心之脆弱有如紋瓷，
而心動，不為物象所動。

6.

人類從鳳凰身上看見的
是人自己的形象。
收藏家買鳥，因為自己成不了鳥兒。
藝術家造鳥，因為鳥即非鳥。
鳥群從字典緩緩飛起，從甲骨文

飛入印刷體，飛出了生物學的領域。
藝術史被基金會和博物館
蓋成幾處景點，星散在版圖上。
幾個書呆子，翻遍古籍
尋找千年前的錯字。
幾個臨時工，因為童年的恐高症
把管道一直鋪設到銀河系。
幾個鄉下人，想飛，但沒機票，
他們像登機一樣登上百鳥之王，
給新月鍍烙，給晚霞上釉。
幾個城管，目送他們一步登天，
把造假的暫住證扔出天外。
證件照：一個集體面孔。
簽名：一個無人稱。
法律能鑑別鳳凰的筆跡嗎？
為什麼鳳凰如此優美地重生，
以回文體，拖曳一部流水韻？
轉世之善，像襯衣一樣可以水洗，
它穿在身上就像瀝青做的外套，
而原罪則是隱身的
或變身的：變整體為部分，

變貧窮為暴富。詞，被迫成為物。
詞根被銀根攥緊，又禪宗般鬆開。
落槌的一瞬，交易獲得了靈魂之輕，
用一個來世的電話取消了現世報。

7.

人是時間的秘書，搭乘超音速
起落於電話線兩端：打電話給自己
然後到另一端接聽。但鳥兒
沒有固定電話。而人也在
與神相遇的路上，忘記了從前的號碼。
鳥兒飛經的所有時間
如卷軸般展開，又被捲起。
三兩支中南海，從前海抽到後海，
把摩天樓抽得只剩抽水馬桶，
把鶴壽抽成了長腿蚊。
一點餘燼，竟能抽出玉生煙，
並從水泥的海拔，抽出一個珠峰。

8.

升降梯，從腰部以下的現實
往頭腦裡升，一直上升到積雪和內心
之峰頂，工作室與海
彼此交換了面積和插孔。
一些我們稱之為風花雪月的東西
開始漏水，漏電，
人頭稅也一點點往下漏，
漏出些手腳，又漏出魚尾
和屋漏痕，它們在鳥眼睛裡，一點點
聚集起來，形成山河，鳥瞰。
如果你從柏拉圖頭腦裡的洞穴
看到地中海正在被漏掉，
請將孔夫子塞進去，試試看
能堵住些什麼。天空，鏽跡斑斑：
這偷工減料的工地。有人
在太平洋深處安裝了一個地漏。

9.

鐵了心的飛翔，有什麼會變輕嗎？

如果這樣的鳥兒都不能夠飛，

還要天空做什麼？

除非心碎與玉碎一起飛翔，

除非飛翔不需要肉身，

除非不飛就會死：否則，別碰飛翔。

人啊，你有把天空倒扣過來的氣度嗎？

那種把寸心放在天文的測度裡去飛

或不飛的廣闊性，

使地球變小了，使時間變年輕了。

有人將飛翔的胎兒

放在哲學家的頭腦裡，

彷彿哲學是一個女人。

有人將萬古交給人之初保存。

有人在地書中，打開一本天書。

10.

古人將鳳凰台造在金陵，也造在潮州，
人和鳥，兩處棲居，但兩處皆是空的。
莊子的大鳥，自南海飛往北海，
非竹不食，非泉不飲，非梧桐不棲，
不知腐鼠和小官僚的滋味。
李賀的鳳凰，踏聲律而來，
那奇異的叫聲，叫碎了崑崙玉，
二十三根琴弦，彈得紫皇動容，
彈斷了多少人的流水和心腸。
那時賈生年少，在封建中垂淚，
他解開鳳凰身上的扣子，
脫下山雞的錦緞，取出幾串孔雀錢，
五色成文章，百鳥寄身於一鳥。
晚唐的一半就這樣分身給六朝的一半，
秋風吹去塵土，把海吹得直立起來，
黃河之水，被吹作一個立柱。
而山河，碎成鳥影，又聚合在一起。
以李白的方式談論鳳凰過於雄辯，
不如以韓愈的方式去靜聽：

他從穎師的古琴，聽到了孤鳳凰。

不聞鳳凰鳴，誰說人有耳朵？

不與鳳凰交談，安知生之榮辱？

但何人，堪與鳳凰談今論古。

11.

郭沫若把鳳凰看作火的邀請。

大清的絕症，從鴉片遞給火，

從詞遞給槍：在武昌，鳳凰被扣響。

這一身烈火的不死鳥，

給詞章之美穿上軍裝，

以迷彩之美，步入天空。

風像一個演說家，揪住落葉的耳朵，

一頭撞在子彈的繁星上。

一代鳳凰黨人，撕開武器的胸脯，

用武器的批判撕碎一紙地契。

灰燼般的火鳳凰，冒著烏鴉的雪，深深落下。

如果雪不是落在土地的契約上，

就不能落在耕者的土地上，

不能簽下種子的名字。

如果詞的雪不是眾聲喧嘩，

而是噓的一聲，心，這面死者的鏡子，

將被自己摔碎。而在準星上，獵手

將變得和獵物越來越像。

12.

政治局被一枚硬幣拋向天空，

至今沒有落地：常委們

會一直待在雲深處嗎？

列寧和托派，誰見到過鳳凰？

革命和資本，哪一個有更多鄉愁？

用時間所屈服的尺度

去丈量東方革命，必須跳出時間。

哦，孤獨的長跑者

像一個截肢人坐在輪椅上，

感覺深淵般的幻肢之痛

有如一隻黑豹，仍然在斷腿上狂奔。

蹉跎的時空之旅，結束在開端。

有人在二十一世紀，讀春秋來信。

有人在北京，讀巴黎手稿。

更多的人坐在星空

讀資本論。

「讀，就是和寫一起消失。」

13.

孩子們在廣東話裡講英文。

老師用下載的語音糾正他們。

黑板上，英文被寫成漢字的樣子。

家長們待在火柴盒裡，

收看每天五分鐘的國際新聞，

提醒自己——

如果北京不是整個世界，

鳳凰也不是所有的鳥兒。

十年前，鳳凰不過是一台電視。

四十年前，它只是兩個輪子。

工人們在鳥兒身上安裝了剎車

和踏板，宇宙觀形成同心圓，

這26吋的圓：毛澤東的圓。

穿褲子的雲，騎鳳凰女車上班，

雲的外賓說：它真快，比飛機還快。

但一輛自行車能讓時間騎多遠，
能把鳳凰騎到天上去嗎？

14.

然後輪到了徐冰。瞧，他從鳥肺
掏出一些零配件的龍蝦，
一些次第的晶片，索隱，火力，
（即使拆除了戰爭，也要把鳳凰
組裝得像一支軍隊）。
他從內省掏出十來個外省
和外國，然後，掏出一個外星空。
空，本就是空的，被他掏空了，
反而憑空掏出些真東西。
比如，掏出生活的水電，
但又在美學這一邊，把插頭拔掉。
掏出一個小本，把史詩的大部頭
寫成筆記體：詞的倉庫，搬運一空。
他組裝了王和王后，卻拆除了統治。
組裝了永生，卻把它給了亡靈。
組裝了當代，卻讓人身處古代。

這白夜的菊花燈籠啊。這萬古愁。

這傷痕累累的手藝和注目禮。

鳳凰徹悟飛的真諦，卻不飛了。

15.

李兆基之後，輪到了林百里。

鶴，無比優雅地看著你，

鶴身上的落花流水

讓鐵的事實柔軟下來。

鳳凰向你走來，渾身都是施工。

那麼，你會為事物的多重性買單，

並在金錢的匿名性上簽名嗎？

無法成交的，只剩下不朽。

因為沒人知道不朽的債權人是誰。

與不朽者論價，會失去時間，

而時間本身又過於耽溺。

慢，被擰緊之後，比自身快了一分鐘。

對表的正確方式是反時間。

一分鐘的鳳凰，有兩分鐘是恐龍，

它們不能折舊，也不能抵稅。

時間和金錢相互磨損，

那轉身即逝的，成為一個塑造。

16.

然後，輪到了觀者：眾人與個別人。

登頂眾口之言無足輕重，

一人獨語，又有些孤傲。

人，飛或不飛都不是鳳凰，

而鳳凰，飛在它自己的不飛中。

這奧義的大鳥，這些雲計算，

僅憑空想，不可能挪移乾坤。

飛向眾生，意味著守身如一。

因此，它從先鋒飛入史前物種，

從無邊的現實飛入有限，

把北京城飛得比望京還小，

一個國家，像一片樹葉那麼小。

陸寬和黃行，從鳥胎取出鳥群，

卻不讓別的人飛，他們自己要飛。

17.

然後，輪到人類以鳥類的目光
去俯瞰大地的不動產：
那些房子，街道，碼頭，
球場和花園，生了根的事物。
一切都在移動，而飛鳥本身不動。
每樣不飛的事物都借鳳凰在飛。
人，不是成了鳥兒才飛，
而是飛起來之後，才變身為鳥。
不是飛鳥在飛，是詞在飛。
所謂飛翔就是把人間的事物
提升到天上，弄成雲的樣子。
飛，是觀念的重影，是一個形象。
不是人與鳥的區別，而是人與人的區別
構成了這形象：於是，鳳凰重生。
鳥類經歷了人的變容，
變回它自己：這就是鳳凰。
它分身出一個動物世界，
但為感官之痛，保留了人之初。
痛的尖銳

觸目地戳在大地上，

像一個倒立的方尖碑。

18.

為最初一瞥，有人退到懷古之思的遠處 。

但在更遠處，有人投下抽絲般的

逝者的目光。神的鳥兒，

飛走一隻，就少一隻。

但鳳凰既非第一隻這麼飛的鳥，

也非最後一隻：幾千年前，

它是一個新聞，被爾雅描述過。

百代之後，它仍然會是新聞，

因為每個時代的新聞，都只報導古代。

那麼，請將電視和廣播的聲音

調到鳥語的音量：聽一聽樹的語言，

並且，從蚜蟲吃樹葉的聲音

取出聽力。請把地球上的燈一起關掉，

從黑夜取出白夜，取出

一個火樹銀花的星系。

在黑暗中，越是黑到深處，越不夠黑。

19.

鳳凰把自己吊起來，

去留懸而未決，像一個天問。

人，太極般點幾個穴位，把指力

點到深處，形成地理和劍氣。

大地的心電圖，安頓下來。

天空寧靜得只剩深藍和深呼吸，

像植入晶片的棋局，下得斗換星移，

卻不見對弈者：閒散的著法如飛鳥，

落子於時間和棋盤之外。

不飛的，也和飛一起消失了。

神抓起鳥群和一把星星，扔得生死茫茫。

一堆廢棄物，竟如此活色生香。

破壞與建設，焊接在一起，

工地綻出噴泉般的天象──

水滴，焰火，上百萬顆鑽石，

以及成千噸的自由落體，

以及垃圾的天女散花，

將落未落時，突然被什麼給鎮住了，

在天空中

凝結成一個全體。

2011，1，7，初稿於紐約

2012，3，3，定稿於北京

蘇小小

偷心的男人，以蘇小小的名字
去叫每一個不是她的女人
80後的女孩，以她的樣子長大
嫁人時，想要長回自己的原樣
卻忘記這個原樣是誰的

年老後，她們拿科幻臉的蘇小小
往自己的臉上長。美，倒過來生長
晚景和童年在某處相遇
彼此置換了時空。每個女人的原貌
被換掉，換成千人一面

就這麼拿蘇小小的臉往自己臉上長
肉體長不出來的，就拿液體長
拿那些化學成分往臉上一噴
然後，以一代情色男的眼睛
回看自己，從單反鏡頭看

那樣一個蘇小小是會把眼睛看壞的
因為美在起源處，以一道幽靈目光
緊盯著現世。沒人去查死者的銀行帳目

即使存入的古幣全是偽幣
裡面的時間也是活的

一生存錢的女人真的有過原生
和原貌，而花錢的女人真的都是
蘇小小嗎？以金融海歸男的來頭看
外匯小美人即使不攢古幣
也一付古為今用的樣子

在南齊，男人把時間的本質
鑄造到錢幣裡，將蘇小小贖身出來
但不是每個替身都古色古香
懷孕的女人和分娩的女人
相隔千年，卻生下同一個女兒

為這個90後的女兒尋找父親
是徒勞的。蘇小小伸出小羊的爪子
碰了碰男人身上的那匹獨狼
誰也不否認，她從男人的孤獨
提取了男女同體的全副武裝

但提取出一座金礦又能怎樣

存入黃金的，早已千金散盡

而雲的懷裡，坐著大片大片的鳥兒

千呼萬喚的蘇小小呵，你真的在飛

真的搖身一變，成了一個千禧後？

在西子湖畔，古人為本地抽象

造了一個蘇小小墓。今人以為自己

看見了蘇小小，其實連范冰冰

也不是。星相術拿紅顏和青春

兩相辜負，然後兩忘

易容的女人從未見過蘇小小

卻以她的樣子拍下證件照

並且，以片片飛去的人面桃花

對時間犯下最美麗的罪惡

哦花心的男人，請全球通緝蘇小小

2012，3，17，北京

黃山谷的豹

沛公文章如虎豹，
至今斑斑在兒孫。

——黃庭堅

1.

——腳步在2011年的北中國移動，
鞋子卻遺留在宋朝。
赤腳穿上雲遊的鞋，
彎下腰，繫緊流水的鞋帶。
先生說：鞋帶繫成流水的樣子
是錯的。
應該繫成梅花，或幾片雪花。

2.

一隻豹，從山谷先生的詩章躍出。
起初豹只是一個烏有，借身為詞，
想要獲取生命跡象，
獲取心跳和簽名。

3.

先生說：不要試圖尋找豹。
豹會找你的。
即使你打來電話它也不接，
也沒人打電話給一隻豹。

4.

有人脫下皮鞋，換上耐克鞋。
先生說：別以為穿上跑鞋，
會跑得比豹子快。

5.

夢中人丟魂而逃。
我分身給影子，以為剩下的半我
跑起來會輕快些，
抖落一些物的浮華
和心的負重。
但影子深處又湧出第二個，第三個

……成千的影子。
它們索要詞的真身。

6.

有人一起跑就行，快慢都行，
而我剛好是慢的那個。
在網上商店，我問售貨員：
有沒有比豹快的鞋子？

7.

人在這個世界上奔跑真是悲哀。
往哪兒跑，哪兒都塞車。
即使在外星空跑
也能聞到警車和加油站的氣味。
交警給詞的加速度開罰單，
而豹，拒絕在罰單上簽名。
在證件照上，豹看不見自己。

8.

路漫漫兮。

給我一百個肺我也跑不動了。

豹，把人類的肺合量跑光了。

時間被它跑得又老又累，

電和石油，被它跑漏了。

詞，即使安上車輪也跑不過豹。

9.

時間的形象

在豹身上如石碑靜止不動。

眾鼠掙脫碑文，捲土而去，

帶著連根拔的小農經濟，

和秋風裡的介詞鬍鬚。

10.

貓鼠一體，握住小官吏的

刀筆。

如此多的腐鼠和碩鼠

抱成陶瓷的一團，

以一碗水，偷一片天空，

偷吃清湯掛麵的水中月。

但碗裡的水沒有保持海平面，

天空潑濺出來，

摔碎在地上。

鏡子的聲音，聽不見世外。

11.

老鼠以為豹在咬文嚼字。

但借雪一聽，並無消融的聲音。

因為豹在聽力深處

埋有更深邃的盲人耳朵。

草書般的豹紋，像幽靈掠過條碼，

布下語文課的秋水平沙。

12.

幾個小學生用滑鼠語言，

坐在雲計算深處

與山谷先生對談。

先生逢人就問：有寫剩的宿墨嗎？

彷彿古漢語的手感和磨損

可以從一紙魚書寄過來，

從少年人的迫切腳步

快遞給高處的一個趔趄。

先生的手，疊起一份晚報。

13.

器物的折舊，先於新聞的折舊。

豹，嗅了嗅白話文的滋味，

以迷魂劍法走上招魂之途，

醉心於萬物的蝴蝶夜。

毫不理會

眾鼠的時尚。

14.

豹，步態如雪，
它的每一寸移動都在融化，
但一小片結晶就足以容身。
一身輕功，托起泰山壓頂。

15.

豹，不知此身何身。
要麼從電的插頭
拔出一個滄海橫流，
肉身泥沙俱下。
要麼為眼淚造一個水電站，
一臉大海，掉頭而去。

16.

有人轉身，看見了浩渺。
淚滴隨月亮的圓缺
變大或變小。

17.

有人一生都在追逐什麼。
有人，追逐什麼，就變成什麼。
而我的一生被豹追逐。
我身體裡的驚恐小鹿
在變作鳥類高高飛起之前，
在嵌入訂婚戒指之前，
在變作紙幣或選票被點數之前，
會變身一隻豹嗎？

18.

我能把文章寫得像豹嗎？
寫，能像豹那麼高貴，迅捷，
和黑暗嗎？

19.

它就要追上我了，這只
古人的豹，詞的豹，反詞的豹。

它沒有時間，所以將時間反過來跑。
它沒有面孔，所以認不出是誰。
它沒有網址，所以聯繫不上它。

20.

波浪跑起來不需要鞋子。
豹身上的滾滾塵土捲起刀刃，
雲剁去手足，用頭顱奔跑。
一隻無頭豹在大地上狂奔。

21.

一隻豹，這樣沒命地跑，為跑而跑，
是會把時間跑光的。它能跑到時間之外，
把群山起伏的白雪跑成銀子嗎？
銀行終究會被它跑垮，文章也將失明。
已經瞎了它還在跑。
聲音跑斷了，骨頭跑斷了，它還在跑。

22.

除非山谷先生從豹子現身，
讓豹看見它自己的本相溢出，
卻看不見水和杯子。
除非我終生停筆，倒掉墨水，
關閉頭腦裡的圖書館，
不讀，不寫，不思想。
否則豹會一直在跑。

23.

一隻豹，要是給它迷醉，給它飢餓，
讓它狂奔起來，
會是多麼美，多麼簡樸，多有力量
的一個空無。
那種原始品質的，總括大地的空無。

24.

這個空無，它就要獲得實存。
詞的豹子，吃了我，就有了肉身。
它身上的條紋是古訓的提煉，
足跡因鳥跡而成篆籀，
嘴裡的蓮花，吐出雲泥和天象。

25.

豹的獵食總是撲空。
要有多少個撲空被倒扣過來，
才能折變出
塵歸土的一個總的倒轉，
以及，詞的遺傳，詞的丟魂，
詞的敗退和昏厥？

26.

人的鞋，對豹子太小了。
那樣一種削足適履的形象

不適合黃山谷的豹。
帶爪子的心智伸了出來，伸向無限，
又硬塞進詩歌的頭腦
和辭彙表。
野獸的目光，借人的目光，回頭一瞥。

27.

人走不到的秘密之地，
變身豹子也得走。
那麼，以豹的足力，
將人的定義走完，
走到野獸的一邊去。

28.

撕裂我吧，灑落我吧，吞噬我吧，豹。
請享用我這具血肉之軀。
要是你沒有撲住我，
山谷先生會有些失望------

2012，4，26，完稿於北京

老虎作為成人禮

老虎撲上來的剎那，
獵手出於本能，開了一槍。
老虎應聲倒地。

獵手扣響的是一槍空槍。
槍裡的子彈，獵兔時打光了。
一個空無，扣不扣都不在槍上。

……但老虎真的死了。

世界的推理突然變得高深，
子彈和詞，水天一色。

2，

也許另有一個浮生相隔的槍手，
與本地槍手構成對稱性。
準星，從兩個時空對準同一只老虎。
老虎挨了一槍。即使是詞的一槍，
命中了也會流血。

大地上最後一個幽靈獵手，

寧可餓死，也不射出最後的子彈。

那麼多美味的兔往槍口上撞，

但最後一粒子彈屬於尊貴的虎。

獵手朝幻象老虎開了一槍，

倒下的卻是老虎的實體。

詞是個瞎子，唯肉體目光深澈，

能看見子彈的心碎。

槍，為槍手預留了古代，

並將老虎的滾滾熱淚冷凍起來。

3，

在玩具槍造得像真槍的和平年代，

城裡的中產男孩聚在一起，

玩槍擊老虎的遊戲。

鄉下孩子沒槍，只好把子彈殼

往布老虎的肚子裡塞。

這一切只是閃客般的恍惚一瞥。
多年後，孩子們以快閃記憶體耳朵
去聽千里外的人體炸彈。
帝國主義這只紙老虎，
有時會像真老虎一樣磨牙。

白雪皚皚的老虎基金呵。

從本地提款機到原始森林，
從老虎的千金散盡到虎骨入藥，
從槍械管理法到禁槍令，
即使是真槍實彈，也射程有限。
何況子彈被壓進了歷史課。

4，

跑步機老虎跑不過體育老師。
大男孩與啞鈴老虎比肌肉。
小男孩，用買跑鞋的錢去買槍，
悄悄遞給一襲風衣的劫匪。

警匪之間，孩子們更喜歡劫匪，
因為他騎馬騎得四蹄生風。

壞教育比沒有教育更像一部爛片。
男孩把槍戰片看了無數遍，
警匪兩個人都被看老了，
子彈還是沒有打光。
劫匪能逃出電影，但逃不掉生活。

因為逃亡者身上帶一股虎味。
刑偵給狗鼻子穿上制服，
不捨晝夜，嗅遍寸土。

男孩學不會虎嘯，只好學狗叫。

5，

男孩拾起一條生銹的老人河。
生命的流水賬目，如條碼纏身。
虎紋的鎖鏈長進肉裡。

父親站在天空深處，
對男孩說：可以蹺課，但別逃天文課。
這樣你才能在星空中看到自己。

6,

一隻吉他老虎可以邊走邊彈，
管風琴的老虎，還得坐下來聽。
為這只舊約老虎蓋一座教堂吧。

但隨身聽的老虎更喜歡爵士樂。
一隻新約老虎見到佛陀後，
十分鐘，年華老去。

晚自習的老虎在學古漢語，
以便和莊周對話。

成人在老虎身上簽下各自的簽名－－
統治的，象徵的，生態的。
男孩的簽名是：武松。

7，

五號電池的老虎跑斷了腿。
它想用交流電的腿穿越物質，
又擔心保險絲會斷魂。

男孩看見老虎跑進太陽能。
漏電的老虎只剩貓那麼大，
跑不過林中兔。

男孩給森林的尾巴戴上一付太陽鏡。
據說森林的頭顱是個哲學家，
卻沒人知道它是虎頭，還是兔子腦袋。

哦男孩秘密的成人禮。
他能否在尾巴上跑得比腦袋快，
這得拿老虎的斷腿，自己去跑跑看。

8，

老虎進不了洞也得是高爾夫。
男孩卻在該揮桿時轉身去扣籃。

老虎並非樂觀的青蛙王子。
但再悲觀厭世的老虎
也不會每天吞下一隻癩蛤蟆。

男孩用一千棵樹種下一隻老虎，
卻不給它澆水，而給它喝葡萄酒。
一隻高腳杯的老虎
對小女孩始終是個謎。

9，

男孩身邊有一大堆姨媽
卻一個姨父也沒有。

也許男孩在成人之前
該去真老虎身邊，偷偷待上幾日。

而不是在體育課上比劃猴拳，
在生物課上空想著恐龍。

不過別指望老虎的王國會有電玩。

10，

自然醒的老虎深睡千年。
而鬧鐘裡的老虎，沒鬧醒自己
卻吵醒了身邊的獵手。

男孩與獵手在獵戶座對表。
老虎從鐘錶取出槍的心臟，
把它放進詞裡去跳動。

老虎，將慢慢養得邀寵，
正如蘋果在樹上一定會成熟。

與其拿手中這杯果汁老虎
次第推杯，看著它變甜，

不如趁它撲上來吃人時

給它一槍。詞，會把它寫活過來。

孩子，不必理會禁槍令。

也不必帶槍，而是帶上儀式般的恐懼，

帶上人類情感的急迫性，

去盡可能近地靠近老虎。

但又保持咫尺天涯的那份渺遠，

保持江山野獸的宇宙格局。

且存留一點點野性的激情，

既得體，又奔放。

2012，5，25，紐約

蘇堤春曉

曬夠了太陽，天開始下雨。
第一場雨把天上的水下進西湖。

第一個破曉把春天摟在懷裡。
詞的花簇錦團在枝頭晃動。

詞的內心露出嬰兒的物象，
人面桃花，被塞到蘇東坡夢裡。

僅僅為了夢見蘇東坡，
你就按下這斗換星移的按鈕吧。

但從星空回望，西湖只是
風景易容術的一部分。

西湖，這塊水的螢幕
就像電視停播一樣靜止和空有。

有人在切換今生和來世，
有人把西湖水裝進塑膠瓶。

切換和去留之間，
是誰的鏡像在投射？

世代積累的幽靈目光呵，
看見了存在本身的茫無所見。

詞，轉世去了古人的當代，
咯噔一聲，安靜下來。

要是人群中這道幽靈目光不是你，
蘇東坡還會是一個暗喻嗎？

你願意對任何人談起蘇東坡，
甚至對沒有嘴唇的樹木和青草。

捉幾隻螢火蟲放到西湖水底，
看蘇東坡手上的暗喻能有多亮。

提著這只暗喻的燈籠
移步蘇堤，你能走到北宋去嗎？

兩公里的蘇堤，通向時間深處。
這詞的工程：石頭是從月亮搬來的。

蘇東坡容許蘇堤不在天上，
正如詞容許物的世界倖存。

西湖被古琴之水彈斷之後，
少年人，你又用何處的水彈奏？

本不是衣裳的水穿在身上，
蘇小小，世界欠你一個蘇東坡。

肉身中燃盡的錦繡山河，
一頓一挫，儘是烈焰的水呵。

百萬隻眼睛所保存的西湖水，
你把它裝進一隻眼睛。

因為這是蘇東坡的西湖，
誰流它，它就是誰的眼淚。

而踏上蘇堤之前，
你先得遠走他鄉，雲遊四海。

西湖是眼睛所盛滿的最小的海。
蘇堤是離天國最近的人間路。

要是你把蘇堤直立起來，
或許死後能步入這片寧靜的天空。

2012，9，30，於香港－紐約航班上

念及肥肉

這一身好肉，憑什麼如此盈餘，
憑什麼把增值稅算在社會主義頭上。
中產階級的垂涎，沒幾片肥肉。
你就挑肥揀瘦，
與體制內的紅肥綠瘦兩訖吧。

你就容忍這蒼蠅嗡嗡的浮世，
彎下減肥藥的腰，
用陽光，給生活塗一層瘦肉精。
新聞餓了，卻一直在空談。
更大的空，在更多的盈餘裡。

舌尖的鴻泥雪爪
留在央視的流水席上。
春天的野獸，等待更華麗的飢餓，
一直等到深秋，才有了禪意。

老人身上的紅肥竟如此綠瘦。
中年的憤怒安靜下來，
回到空腹，回到未發育的童年。

盤子裡的幾片肥肉還是熱的，
筷子一夾，頓成白雪。

雪地上留有黑客的足跡。
紅塵滾滾的西門慶，
四處打聽東坡肉的消息。
但網購的李瓶兒是個素食者，
她往碗裡打了太多的蛋，
已分不清哪個是雙黃的。

因為不知道該稱蟑螂為先生
還是女士，月入兩萬的胖廚師
壞心情持續了一生。
一臉滾刀肉奪刀而去，
三千里砧板，刀刀都是絕學。
而廚房已扔出星空。

2012，12，20

暗想薇依

像薇依那樣的神的女人，

借助晦暗才能看見。

不走近她，又怎麼睜天眼呢。

地質的女人，深挖下去是天理。

煤，非這麼一塊一塊挖出來，

月亮挖出了血，不覺夜色之蒼白。

挖不動了，手挖斷了，才挖到黑暗。

根部的女人，對果實是個困惑。

她把子宮塞進這果實，吃掉自己，

又將吃剩的母親長在身上。

她沒有面容，沒有生育，沒有錢。

而影子也已噤聲，縱使辯音力從獨唱

擴展到合唱隊，也不能聽到自己。

那麼，立在夕光中暗想片刻就夠了，

別帶回家鄉過日子，

無論這日子是對是錯都別過。

浪跡的日子走到頭，中間有多少折腰。

北京的日子過到底，終究不在巴黎。

神恩的日子，存進報酬是空的。

因為這是薇依的日子，

和誰過也不是夢露。

舊夢或新詞，兩者都無以託付。

單槓上倒掛著一個小女孩，

這暗忖的裙裾，雨的流蘇，

以及滴裡嗒啦的肢體語言。

她用挖煤的手翻動哲學，

這樣的詞塊和黑暗，你有嗎？

錢掙一百花兩百沒什麼不對，

房子拆一半住一半也沒什麼不對。

這依稀，這棄絕，不過是圓桌騎士

遞到核武器手上的一隻聖杯，

一失手摔得碎骨。

眾神渴了，凡人拿什麼飲水。

二戰後，神看上去像個會計，

但金錢並沒有讓一切變得更好。

帳戶是空的，賊也兩手空空。

即使人神共怒也輪不到你

替她挨這必死的一刀。

詞的一刀，比鐵還砍得深，

因為問斬的淚嘩嘩在流，

忍不住也得強忍。

而問道的手諭，把蒼天在上

倒扣過來，變為存在的底部。

微依是存在本身，我們不是。

斯人一道冷目光斜看過來，

在命抵命的基石之上，

還有什麼是端正的，立命的。

2012，12，30，北京

電子碎片時代的詩歌寫作（代後記）

　　1，概括我們現在的時代是非常困難又非常簡單的一件事，這是一個消費的時代，物質享樂的時代，充分商業化和資訊高度溝通的時代。而這對文學造成了怎樣的後果，又將文學置於怎樣的生態呢？韓少功說，現在的文學生態是一種「電子化的上古文學生態」。我想，置身於這種生態中，人們存在於博客、微博等各種資訊交流的社區裡，文字變成了一種像狗一樣餓了就叫的東西。在這樣一種生態中，存在的定義被改寫為：我網故我在。每個人都想表達自己，想從匿名的狀態變成署名的狀態，而這個署名又往往是個假名。在接受和傳遞資訊的過程中，每個人都被納入了一種線上狀態，成為一個鏈結，一個交流，一個表達，但卻沒有被表達的真正內涵。也就是說，全部東西到最後都變成了意見、看法、觀點、反應和資訊，文學和思想卻基本上消失了。在這種情況下，閱讀和寫作二者都變成了消費。一切都呈現為流體狀態，由於「線上」的原因，人變成了其中一個又一個仲介環節。所有環扣都是銜接在一起的脫節。所有能量都是耗空。

　　2，如此一來，那些關於「我是誰」、「我在哪裡」、「我來自哪裡，要到哪裡去」的人類最古老的追問，變成了「我線上上」，「我來自線上，去到線上」。那麼，在這種資訊過於膨脹，交流過於容易的時代，詩歌要做些什麼呢？

一個極為嚴酷的事實是，我們所處的這個時代，不僅僅使得意見、思想、諮詢的接收和傳遞改變了性質，而且連使用的語言本身也變質了。無論你在全世界任何地方，你都呈現一種「不在」的狀態，我對此狀態的定義是：你在你不在的地方，你是你不是的人。因為你只是要麼在短信、手機裡，要麼在博客、e-mail、微信或微博裡。存在的處所和定義變了。那麼人是誰呢？人的肉體存在反而變成了一個偶然，一個不確定，元自我從根本上被改寫了。在這樣一種生命狀態裡，詩歌的元性質也被改變了。

　　3，上個世紀初，龐德、弗羅斯特、海明威那一代美國詩人、作家曾到歐洲「流放」，這種「流放」是一種詞與肉身相互確認的流放。美國人因沒有文學傳統而自卑，因此他們到歐洲去朝拜，染一點兒元文學的味道，去成為自己的另一個人，一個「美國的歐洲人」，然後，再回到美國。他們經歷了時空和地理意義上的身歷其境的流浪，一種詞與肉身合併在一起的、雙重意義上的文學流浪。這個流浪改變了美國後來的文學性質，也使這些詩人和作家經歷了文化變形和換位。比如艾略特就變成了一個「英國人」，龐德變成了半個歐洲人，弗羅斯特則變成了一個半地方性的美國人：他將超級帝國縮小為鄉土新罕布希。但無論怎麼變，他們都有一個共同點：身臨其境。他們的人生變動，他們的文學流浪和心靈放逐，是把整個生命帶進去了的。不像當下這種網路的語言流浪形式，你在美國打開網路，可在語言意義上仍是置身於中國，因為你身在美國，上的卻是新浪網和百度網。虛擬空間的發明，對語境的改變是非常大的。

4，在這樣一種變動之中，全球的政治領導人們也在改換自己的語言，所有國家都變得有點「公司化」，國家領導人變成CEO，統治語言越來越網路化，數位化，經濟化。而統治者的政治生命有一個固定的時間段，幾年一換，像是一種「政治的經期」。這樣一來，統治者的語言變質了，政客的語言變成選舉語言，變成了經濟學語言，混合了資料、環保、人權、公關、福利等等成分，這些都在政治生態的意義上構成了統治語言。

　　5，如果連統治者的語言都如此，那麼被統治階層的語言又如何？我們已經看到，人們的語言現在已變成了短信語言、微博語言、媒體語言、廣告語言，連成一片且速度奇快。中國古代的語言最初要刻在銅鼎、甲骨上，是十分緩慢和有重量感的，後來慢慢進化成寫在竹簡上、絹帛上、紙上，直到現在寫在「比特」上。這是一個越來越輕的歷史演化過程。語言裡面的物質性、實在性、肉身性和心靈性，伴隨這樣一個變動和衍化序列，在經歷著深刻的變化。

　　6，在這樣一個時代，詩人何為？就我個人的創作過程而言，我曾有意停寫了八、九年。我擔心：我的寫作會不會變成一種慣性的東西，會不會跟心靈和生活的處境脫離開來？詞，會不會變得抽象，變得像呵氣一樣稀薄，像一種勾兌出來的東西，原釀的東西會不會已經從中消失了？勾兌的東西是沒有時間的，它要麼將時間看作格式化的配方，要麼是對時間的取消。所以，在我寫作暫停的這幾年中，我是想要思考，我和我所處的這個時代整體的關係，這裡面的設計、確立、思考、批判在哪裡？寫作的根本理由又在哪裡？單純的美文意義上的

「好詩」對我是沒有意義的，假如它沒有和存在、和不存在發生一種深刻聯繫的話。單純寫得好沒有意義，因為那很可能是「詞生詞」的修辭結果。

7，記得1994年，我在報紙上讀到比爾・蓋茨去臺灣，一下飛機就對接機的臺灣IT界巨頭說：我們這代人要幹的一件大事，就是消滅紙。蓋茨的這個宣言，是一個最經典的電子時代宣言，它正告我們，當代電子資訊的本質是什麼，以及資訊和資本聯手後要幹什麼。他們要把一切「資訊化」。包括歷史，思想，文學，所有這些類別的經典文本，都要加以資訊化。然後，使之變得和日常消息，生活的流水帳，時尚潮流裡的各種流行性元素，今天天氣哈哈哈什麼的，等等資訊化的東西，沒什麼兩樣。他們甚至都懶得消滅思想和文學，他們非常民主的，中立的，與新聞消息、時政資訊一視同仁地將思想和文學保存下來，分門別類，立此存照。在這樣的框架和機制裡，大家平等地競爭點擊率，知名度，影響力。格式和架構變了，時間和空間、詞和肉體世界的概念也變了。如果資本和全球IT新貴連「紙」這種最後的、最接近灰燼的、最輕盈的實存樣式也不能忍受，也不放過，那麼「發生」又意味著什麼呢：寫作？學術？思想？批判？傳播？搞鼓雜誌和出版？看來發生和行動本身的定義，也得重新考量。

8，現代性已經喪失了哀痛和抵制，變成了資本和大資料的慶典。獨特性的消失伴隨著感傷和哀痛的消失。獨特性被嵌入格式化時間，被歸類，被存檔。哀痛本身所包含的否定，從來沒有像今天一樣，在大資料的運轉中，委身於強有力的肯

定。現代性：實際上我們從來沒有現代過。而後現代卻已闊步完成了對現代性的僭越。

9，資本這個怪物，晚年的歌德一直在考慮怎麼對付它。一百多年後，我一邊閱讀後半部《浮士德》，一邊悲觀地想：也許沒轍。因為歌德提出的浮士德衝動，如果放在當下語境，裡面不僅包含了資本的力量，也捲入了網路的力量和新青年的盲目性，還有憤怒的能量，亞文化話題的能量，貪婪的能量，騙的能量，試錯以及糾錯的能量。別忘了，浮士德衝動本身也資訊化了。其實很多東西，無論怎麼公共化和經典化，在智力上也混不過去。但大眾認可。電子碎片時代，真的是一個在心智上全面返祖的從眾主義時代嗎？這個趨勢不可逆轉嗎？看起來，詩的孤獨是註定的，宿命的。因為任何將詩的語言變為共通語言的歷史努力，都註定是徒勞的。僅僅將詩歌的事情放在寫作的向度上考量是不夠的，要把存在方式也放進來。寫作，不僅僅是怎麼寫的問題，也是怎麼存在的問題。

10，就當代詩歌生態而言，怎麼寫的問題與怎麼讀的問題混在一起，批評性閱讀與消費性閱讀混在一起，嘲諷與自戀混在一起，狂歡與冷遇混在一起，一流詩與三流四流詩也都混在一起。總之我們稱之為詩歌的東西，跟媒體、網路、消費邏輯，混在一起，又閉塞又開放。面對這樣一個詩歌江湖，你能指望從中產生出良好純正的詩歌趣味嗎？我不知道這是不是一個偉大的時代，但我知道，幾乎所有媒體意識形態話語，都無法對當代詩歌在其深處正發生什麼進行描述。甚至批評在進行描述時，所使用的種種術語，也更多地適合二三流詩人，而

不足以描述一流詩人。這是個很大的問題。詩歌的深處之變，不僅僅是如何去寫的問題，也是如何去讀、如何批評的問題。布羅茨基寫到：為那些從未發生過的事情建立一座紀念碑。這座紀念碑，是寫的紀念碑，更是讀和批評的紀念碑。當批評在閱讀詩歌時，寫作也反過來在閱讀批評本身。寫作如何回看批評，也得加以深問。

11，或許要過好多年，我們才能看清大詩人、大作家的價值、意義，才能開始描述。可是如何描述？比如，在德語中如何描述卡夫卡或荷爾德林，在英語中又如何描述龐德與喬伊絲呢？如果僅僅從異化或者孤獨的角度去描述卡夫卡，就把他簡化了，他比這可要豐富得多。如果我們只是從與美國決裂、與義大利的法西斯合流這個角度去描述龐德，那只是一種二戰政治的描述，而我們所接觸的不是他偉大的詩歌內核。沒有任何媒體語言、轉基因的公共語言能夠精確地描述一個真正的一流詩人。他永遠是一個懸擱的、費解的難題，常常是一個難堪、一個困惑、一個冒犯。100年、200年以後還是如此。

2013年5月15日

語言文學類　PG1028　中國當代詩典　第一輯 05

手藝與注目禮
──歐陽江河詩選

作　　者 / 歐陽江河
主　　編 / 楊小濱
責任編輯 / 邵亢虎
圖文排版 / 詹凱倫
封面設計 / 陳佩蓉

發 行 人 / 宋政坤
法律顧問 / 毛國樑　律師
出版發行 / 秀威資訊科技股份有限公司
　　　　　114台北市內湖區瑞光路76巷65號1樓
　　　　　電話：+886-2-2796-3638　傳真：+886-2-2796-1377
　　　　　http://www.showwe.com.tw
劃撥帳號 / 19563868　戶名：秀威資訊科技股份有限公司
　　　　　讀者服務信箱：service@showwe.com.tw
展售門市 / 國家書店（松江門市）
　　　　　104台北市中山區松江路209號1樓
　　　　　電話：+886-2-2518-0207　傳真：+886-2-2518-0778
網路訂購 / 秀威網路書店：http://www.bodbooks.com.tw
　　　　　國家網路書店：http://www.govbooks.com.tw

2013年9月　BOD一版
定價：320元
ISBN　978-986-326-167-4
ISBN　978-986-326-178-0（全套：平裝）
版權所有　翻印必究
本書如有缺頁、破損或裝訂錯誤，請寄回更換

國家圖書館出版品預行編目

手藝與注目禮：歐陽江河詩選 / 歐陽江河著. --
一版. -- 臺北市：秀威資訊科技, 2013. 09
　　面；　公分. -- (中國當代詩典. 第一輯；
5)
　BOD版
　ISBN 978-986-326-167-4 (平裝)

851.486　　　　　　　　　　　102015886

讀者回函卡

感謝您購買本書，為提升服務品質，請填妥以下資料，將讀者回函卡直接寄回或傳真本公司，收到您的寶貴意見後，我們會收藏記錄及檢討，謝謝！
如您需要了解本公司最新出版書目、購書優惠或企劃活動，歡迎您上網查詢或下載相關資料：http:// www.showwe.com.tw

您購買的書名：_____

出生日期：_____年_____月_____日

學歷：□高中 (含) 以下　　□大專　　□研究所 (含) 以上

職業：□製造業　□金融業　□資訊業　□軍警　□傳播業　□自由業
　　　□服務業　□公務員　□教職　　□學生　□家管　　□其它____

購書地點：□網路書店　□實體書店　□書展　□郵購　□贈閱　□其他

您從何得知本書的消息？

　　□網路書店　□實體書店　□網路搜尋　□電子報　□書訊　□雜誌

　　□傳播媒體　□親友推薦　□網站推薦　□部落格　□其他_____

您對本書的評價：(請填代號　1.非常滿意　2.滿意　3.尚可　4.再改進)

　　封面設計____　版面編排____　內容____　文／譯筆____　價格____

讀完書後您覺得：

　　□很有收穫　□有收穫　□收穫不多　□沒收穫

對我們的建議：_____

_____

_____

_____

11466
台北市內湖區瑞光路 76 巷 65 號 1 樓
秀威資訊科技股份有限公司　　　收
BOD 數位出版事業部

....

（請沿線對折寄回，謝謝！）

姓　　名：＿＿＿＿＿＿＿＿＿　年齡：＿＿＿＿＿　性別：□女　□男

郵遞區號：□□□□□

地　　址：＿＿＿＿＿＿＿＿＿＿＿＿＿＿＿＿＿＿＿＿＿＿＿＿＿＿

聯絡電話：(日) ＿＿＿＿＿＿＿＿＿＿　(夜) ＿＿＿＿＿＿＿＿＿＿

E-mail：＿＿＿＿＿＿＿＿＿＿＿＿＿＿＿＿＿＿＿＿＿＿＿＿＿＿